太好玩了！超有趣的唐诗

东寻 ◎ 著

石油工业出版社

图书在版编目（CIP）数据

太好玩了！超有趣的唐诗/东寻著.—北京：石油工业出版社，2022.12
（太好玩了！漫画中国文学）
ISBN 978-7-5183-5451-1

Ⅰ.①太… Ⅱ.①东… Ⅲ.①唐诗—儿童读物 Ⅳ.①I222.742

中国版本图书馆CIP数据核字（2022）第107476号

太好玩了！超有趣的唐诗

东寻 著

出版发行：石油工业出版社
（北京市朝阳区安华里二区1号楼 100011）
网　　址：www.petropub.com
编 辑 部：（010）64523689
图书营销中心：（010）64523731　64523633
经　　销：全国新华书店
印　　刷：三河市嘉科万达彩色印刷有限公司

2022年12月第1版　2022年12月第1次印刷
880毫米×1230毫米　开本：1/32　印张：6
字数：70千字

定价：39.80元
（如发现印装质量问题，我社图书营销中心负责调换）
版权所有，侵权必究

作者：东寻

幽默风趣，能写会画，
超级勤奋，从不自夸。

别夸我啦，
我超忙的，
没时间说"谢谢"哦！

水豚君

搞怪小天使，呆萌万人迷，
与人为善第一名。

> 别担心，
> 我完全没有被卡住。

小嘿

已经3秒没有发脾气的猫型"暖心宝"，
用最臭的脸做最暖的事。

> 我的照片好笑吧？
> 你倒是笑啊，
> 我正想找个人
> 磨爪子呢！

1. 引领唐诗走向繁荣，
 少了"初唐四杰"可不行 …… 001

2. "初唐四杰"档案续集 …… 012

3. 有才就是狂的"诗仙"李白 …… 022

4. 为何李白这么浪漫？当然是因为想象力 …… 031

5. "诗圣"的人生也不容易呀 …… 039

6. "诗圣"写诗叫"诗史" …… 048

7. 放牛娃都能读懂其诗的"国际巨星" …… 056

8. 是谁那么悠闲，又在"摸鱼"
 写山水田园诗 …… 066

9. 边塞诗人：刀在手，跟我走！
 战沙场，写诗文！…… 074

10. 科举中的诗人，有人得意，
 有人哭出"血泪" …… 082

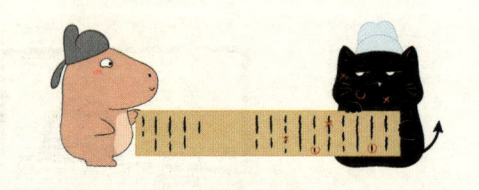

11 没吃过贬谪的苦，还想当伟大诗人？ 089

12 为了写出好诗，诗人能有多拼 097

13 诗人"天团"之"小李杜" 104

14 "温李""元白"，
诗人"天团"又出新 113

15 唐诗里的节日，唐朝放假
原来那么"任性" 120

16 胡乐、胡舞、胡酒，唐诗里的新潮流 126

17 穿越到大唐被当妖人？
快打扮成唐朝人！ 134

18 闺怨诗和宫怨诗，
记录唐朝"宅女"的苦 140

19 喝喝酒，舞舞剑，写写诗 147

20 赏花、听佛经、做副业，
诗人好会过日子 153

快乐读唐诗 159

1 引领唐诗走向繁荣，少了"初唐四杰"可不行

唐朝，是中国诗歌创作的黄金时代。

唐诗韵律美，思想内容丰富，学好了能让你说话有节奏，还能写得一手好文章。

那么，为什么诗歌的黄金时代是在唐朝呢？

要弄明白这个问题，你得先认识初唐时期"出道"的"四大男神"，他们被称为"初唐四杰"。

"初唐四杰"分别是王勃、杨炯、卢照邻和骆宾王。

他们不但才华横溢，名扬四海，还敢于站出来反对当时的不良诗风。

> 我王勃第一个反对！

当时的诗风是什么样子呢？

从好的方面来说，《诗经》《楚辞》以及汉代的乐府诗等"大前辈"为唐诗提供了技巧和内容上的创作经验。

唐代以前的诗歌，一般被称为"古体诗"，并不严格地讲究"格律"，也就是字数、行数以及押韵等。

到了唐朝，诗歌的格律发展成熟，有了较为严格的要求，这些诗被称为"近体诗"。

从不好的方面来说，一些诗过分讲究格律，把思想内容给丢了。

另外，魏晋南北朝时一些绚丽、浮夸的诗风，被部分初唐诗人吸收了。

这些初唐诗人大多来自宫廷，他们的作品要么歌颂太平盛世、帝王将相，要么描绘皇宫如何宏伟，等等，内容既空洞又无聊。

"四杰"的诗歌则题材广泛，不但有一定的思想内容，还很"亲民"，描绘的是人生壮志、边塞生活等等。

"四杰"的出现把唐诗的发展引上了一条正确的大道。

"四杰"档案1：天妒英才的王勃

王勃六岁就写得一手好文章，不到二十岁就在科举考试中入选。

之后王勃去沛王府当了"公务员"，遇到诸王斗鸡，他写了一篇《檄英王鸡》，唐高宗看到文章很生气，觉得王勃是在挑拨诸王的关系，便将他赶出了王府。

后来王勃做了参军，因为闹出了人命官司而犯下死罪，虽然他侥幸躲过了牢狱之灾，他的父亲却被他害惨了……

好消息！
皇上大赦天下，
你保住了一条命。

坏消息！
你父亲被降职处分，
都是你连累的！

王勃心中惭愧，去探望被贬官的父亲，经过南海时他不幸落水，离世的时候还不到 30 岁。

王勃的一生虽然短暂,但像流星一样耀眼。

"落霞与孤鹜(wù)齐飞,秋水共长天一色。"这是王勃写下的千古名句之一。

大意是,晚霞和孤单的野鸭一同飞翔,秋天的江水和天空连成了一片。

为什么要和晚霞一起飞?和我不好吗?

哎呀,好吧,我懂了……

这句诗来自《滕王阁序》，是王勃被邀请到滕王阁参加宴会时创作的。

《滕王阁序》的前半部分以写景为主，后半部分则感叹自己"时运不济，命途多舛"，怀抱着凌云壮志，却得不到国家的重用。

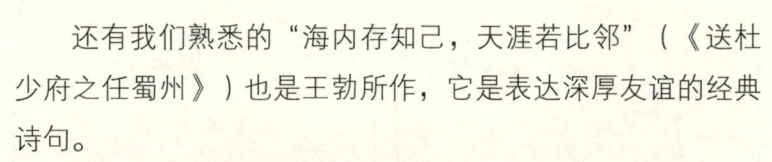

胸怀大志　　　　　　　无视大志

还有我们熟悉的"海内存知己，天涯若比邻"（《送杜少府之任蜀州》）也是王勃所作，它是表达深厚友谊的经典诗句。

离别原本充满了悲伤，王勃却乐观地鼓励友人，四海之内能够存有知己，哪怕彼此远在天涯海角，也好像近在眼前。

漫画创意，请勿玩火。

这首诗的末尾"无为在歧（qí）路，儿女共沾巾"更是用猛男的口气在说，不要在告别的岔路口，像多愁善感的少男少女一样哭天抹泪！

哭得那么伤心，真有那么舍不得我吗？

走错路了，哭一下不行啊！

超有趣的唐诗

王勃不但关心自己的前途和离别的朋友，也关心劳苦大众。

《采莲曲》讲述了一位采莲女子对丈夫的思念。她的丈夫去哪儿了呢？"塞外征夫犹未还"，原来是征战在外，至今没有回家。

当主人公遇到其他采莲女，大家都承受着思念的折磨，她们又做了些什么呢？

"共问寒江千里外，征客关山路几重？"

互相打听丈夫征战的关山离家乡有几重山、几道水。

一个王勃的成就已经很了不起了,"四杰"里剩下的三位还有发挥空间吗?

2 "初唐四杰"档案续集

"四杰"档案2：霸气外露的杨炯

杨炯从小就聪明又博学，很擅长写文章，当时可称之为神童。

据说杨炯曾经做过"校书郎"，这是古代的一种官职，主要负责校对典籍，以及修正典籍中的错误。

杨炯还做过"崇文馆学士",不料受到别人的连累,被贬了官。

几经波折,他来到盈川做县令,后人因此称呼他为"杨盈川"。后来他在任职期间去世。

杨炯恃才傲物,他给王勃的作品写过《王勃集序》,序言中他批评某些诗人的作品是"骨气都尽,刚健不闻"。

那么杨炯自己的作品是什么样呢?

《从军行》:"宁为百夫长,胜作一书生。"宁愿当个率领百人的小官去冲锋陷阵,也强过当个书生!

杨炯满怀豪情壮志,笔下的诗句自然"霸气外露"。

《战城南》:"寸心明白日,千里暗黄尘。"
哪怕尘土遮天蔽日,也挡不住将士们心中的光明。

"四杰"档案3：身残志坚的卢照邻

杨炯还在世的时候，已经被天下尊为"四杰"之一。

当杨炯得知四人的排名是"王、杨、卢、骆"时，他表示："吾愧在卢前，耻居王后。"不愿排在王勃后边，但是惭愧于位列卢照邻之前。

卢照邻十岁就跟着曹宪等学者学习《尔雅》之类的儒家经典，后来在邓王府做了个小官，处理文书方面的事务。

邓王李元裕非常欣赏卢照邻的才华,《旧唐书》记载,他和卢照邻是"布衣之交",也就是贵族和平民结为好友的意思。

邓王去世后,卢照邻去新都(今位于四川省成都市)做了县尉,后因病辞官。卢照邻的晚年十分凄凉,生病导致他行动不便,不但一身的才华无处施展,还要与病痛作斗争。

他的一些诗歌以悲愤口吻"呼喊"出了自己的不幸与不甘,比如《释疾文》:"覆焘(tāo)虽广,嗟不容乎此生。"天地虽大,为什么容不下一个我?

《长安古意》是卢照邻的代表作之一,诗歌开头描写长安的繁华,然后由富家子弟奢华的生活引出权贵们排挤贤臣的丑相。

诗歌的结尾部分嘲讽曾经华丽的王府,如今只剩几棵松树。

同时夸赞汉代隐居的文学家扬雄,年年岁岁与书相伴,过着清净优雅的生活。

寂寂寥寥扬子居，
年年岁岁一床书。
独有南山桂花发，
飞来飞去袭人裾。

"四杰"档案4：神童骆宾王

"鹅，鹅，鹅，曲项向天歌。白毛浮绿水，红掌拨清波。"

《咏鹅》相传是骆宾王七岁时创作的，《新唐书》也说他七岁就能赋诗。

骆宾王担任过主簿等官职，因为才华得不到重视，郁闷的他最终弃官而去。

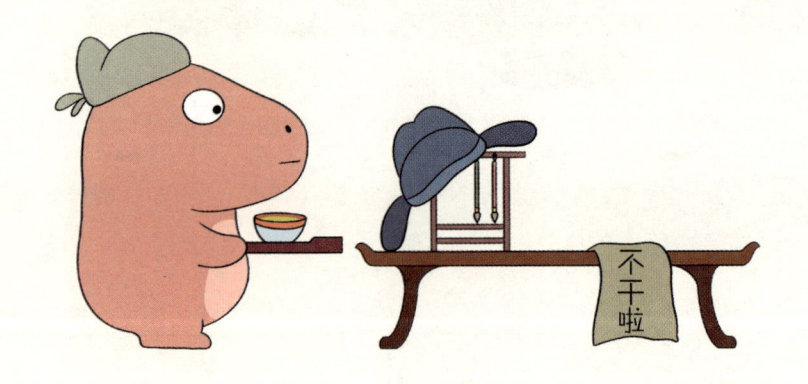

后来大将徐敬业起兵反对女皇武则天，骆宾王加入徐敬业的队伍，还写了一篇檄文声讨女皇。

结果徐敬业兵败，骆宾王从此不知去向。

《帝京篇》是骆宾王的作品，他用华丽、雄壮的笔墨描绘出长安繁华的景象。

跟着笔锋一转，在这无尽的繁华里，骆宾王又看到了什么呢？

"春去春来苦自驰,争名争利徒尔为。"

春去又春来,一些人为了争名夺利而浪费生命,最后不过徒劳一场。

"马卿辞蜀多文藻,扬雄仕汉乏良媒。"

汉代文学家司马相如才高八斗,却只能回老家卖酒为生,扬雄学识渊博,却得不到推荐。

怀才不遇，这是前人的遭遇，也是骆宾王一生的痛。

画得真好，比那些诗人有才华多了，大唐就缺您这样的人才！

有才就是狂的"诗仙"李白

唐朝时,有那么一个人,他醉了就在长安街头的"酒吧"里呼呼大睡,皇帝召他上船,他不但不去,还声称自己是"酒中仙"。

这人是谁啊,居然那么嚣张?他,就是"诗仙"李白。

为什么李白可以这么狂,因为他有"笔落惊风雨,诗成泣鬼神"(杜甫《寄李十二白二十韵》)的才华,所以不建议普通人模仿。

> 没有"诗仙"的命,就别得"诗仙"的病。

李白的青少年时期大部分在四川度过。

青年的他有三大爱好,旅游、舞剑、烫头……啊,不是烫头,是写诗作赋。

以他的诗歌为证,"十五游神仙""十五好剑术""十五观奇书,作赋凌相如"。李白十分自信,曾经说十五岁的自己作赋已经赶上了司马相如。

> 对我的才华有疑问?问问我的剑答不答应!

二十多岁时，李白离开四川，怀抱着治国平天下的远大志向游历名山大川。

在李白所处的时代，想做官有两种途径，一个是参加科举考试；另一个就是传播名声，等着皇帝亲自征召，有些人还会选择隐居等待征召。

李白选择的是后者。

> 隐居有风险，
> 旁边这位隐居得太好，
> 朝廷都把他给忘记了。

不过事情的进展并没有李白想象中那么顺利，一直到了中年，李白才因他人的推荐，被唐玄宗征召入京。

据说李白来到京城后，受到了隆重的欢迎，唐玄宗亲自下车迎接，还为李白搅拌汤羹。

受到征召的李白怀着一腔热血,心想自己的政治理想终于可以实现了,去京城之前,异常兴奋的他还写了一首充满豪情的诗,其中一句是这样的:

"仰天大笑出门去,我辈岂是蓬蒿(hāo)人。"(《南陵别儿童入京》)

仰头大笑出门去,咱可不是身居草野、一无是处的人!

然而，唐玄宗欣赏的其实是李白写诗的才华，他给了李白一个"翰林"的官职，让李白在宴会上写写诗啥的。

李白大失所望，同时对朝廷中的一些奸臣深感不满，在京城待了近三年，他就离开了。唐玄宗并没有挽留李白，赏赐了一些金银，就让李白走了。

离开京城后，李白过着纵情山水的生活，还结识了杜甫等诗人。

但是壮志未酬的悲愤依然萦绕在李白心中，《远别离》一诗中，他说自己的一片忠诚不被皇天照见，还发出"权归臣兮鼠变虎"的警告，意思是一旦奸臣手握大权，这些鼠辈就会变成耀武扬威的老虎。

> 一旦奸臣手握大权,这些鼠辈就会变成耀武扬威的老虎!

晚年时,李白过起了隐居生活。

当时爆发了一场动乱,安禄山和史思明等人发动叛乱,史称"安史之乱"。

正在隐居的李白心怀苍生,毅然出山,要为朝廷效力。

> 大唐,我来啦!

李白接受了永王李璘的征召,但他不清楚李璘和兄弟之间的皇位之争,因此受到连累,被捕下狱,后来又被流放到夜郎。

别跑啊!
接着来啊!

　　幸运的是,在去往夜郎的路上,朝廷大赦天下,李白得以释放。

　　几年之后,李白病逝。

　　唐诗的发展,大致上可以分为初唐、盛唐、中唐和晚唐四个时期。

　　李白是盛唐时期的代表诗人之一。

　　大唐盛世培育出了李白的豪迈和浪漫,他流连于山水之间,同时又怀抱着远大志向。

超有趣的唐诗

理想的受挫让他爱上了自由,他不愿为权贵折腰,但时刻准备着为国效力。

这一切都能从他的诗歌中体现出来。

怎么体现的,举个例子嘛!

你讲话不带睁眼的啊,修好漫画框再说!

4 为何李白这么浪漫？当然是因为想象力

李白的一生充满了传奇和曲折，使得他的作品也是包罗万象。

李白向往自然，笔下有不少描绘名山大川的诗篇，比如《望庐山瀑布》。

"日照香炉生紫烟，遥看瀑布挂前川。飞流直下三千尺，疑是银河落九天。"

不去庐山，也能看到"飞流直下三千尺"。

李白深爱雄壮的山河，当山水化为诗句，就显得气势惊人。

"两岸猿声啼不住，轻舟已过万重山。"（《早发白帝城》）

其实，清净典雅甚至有些哀愁的风光，李白描绘起来也很拿手。

"杨花落尽子规啼，闻道龙标过五溪。"（《闻王昌龄左迁龙标遥有此寄》）

柳絮落尽，杜鹃鸟哀伤地鸣叫（杜鹃的啼叫声听起来像"不如归去"，所以显得很悲伤），听说诗人王昌龄要经过五溪。

要把景物写得精彩，少不了想象力，李白的想象力在诗人当中就是顶级的！

"危楼高百尺,手可摘星辰。不敢高声语,恐惊天上人。"《夜宿山寺》里的这几句诗,大胆而又形象地表现了山寺的高耸。

李白热爱山水，却没有玩物丧志，他的一生都怀抱着建功立业的壮志。

"长风破浪会有时，直挂云帆济沧海。"（《行路难》）

乘风破浪的机会总会有的，那时且看我扬帆起航，勇往直前！

> 长风破浪会有时，除非体重 400 斤……

那你可能要说了，李白不就是想当官嘛！

其实李白的愿望是成就一番事业，然后"事了拂衣去，深藏身与名"（《侠客行》），简称"干大事不留名"。

看,我为李白设计的"深藏身与名"头套!

可惜李白的理想并没有实现,对此他有不少苦闷。

"大道如青天,我独不得出。"(《行路难》)大意是道路像青天一样宽广,唯独没有我的出路。

但是李白性格洒脱，在看透了权贵的丑恶嘴脸以后，他在《梦游天姥吟留别》一诗中写道："安能摧眉折腰事权贵，使我不得开心颜！"

怎么能低眉顺眼、卑躬屈膝地去伺候权贵，让自己不开心呢！

当然啦，李白的关注点不全是自己，他也会牢牢记住朋友的深情厚谊。

"桃花潭水深千尺，不及汪伦送我情。"（《赠汪伦》）

坐稳、扶好，头手不要伸出船外。

李白也关心劳苦大众，"安史之乱"爆发后，愤怒的他写下了"流血涂野草，豺狼尽冠缨"这样的诗句，大意是野草上洒满了百姓的鲜血，豺狼都穿上了官吏的衣裳。

李白写起诗来风格浪漫，不拘一格，文笔像仙人一样飘逸，难怪世人将他尊为"诗仙"。

李白的诗歌既拥有古体诗的浪漫气质，又融入了自己的豪迈奔放，想象力天马行空，情绪表达也非常大胆，毫不遮掩。

李白不但在诗歌的创作技巧上影响了后世的诗人、作家，他怀抱理想、反对权贵的精神，洒脱又充满傲骨的性格，也影响着后世。

5 "诗圣"的人生也不容易呀

"诗仙"李白光芒万丈，可在大唐居然有人顶得住这光芒，能够和李白齐名，与李白合称为"李杜"，这人是谁？他，就是"诗圣"杜甫。

杜甫出身于书香门第、官宦世家，很小就表现出了过人的天分，"七龄思即壮，开口咏凤凰"（《壮游》），七岁就思维敏捷，能够出口成章，吟诵凤凰。

青年时的杜甫性格豪爽，疾恶如仇，还喜欢和年长的人结为好友，大概是因为他的智慧已经超越了大部分同龄人。

"脱略小时辈，结交皆老苍。"（《壮游》）

青年杜甫也跟李白一样,酷爱游览名山大川。

二十多岁的时候,他参加了科举考试,结果落榜了。

之后杜甫继续旅游,其间,他结识了李白,度过了一段游山玩水、喝酒写诗的"神仙"日子。

但是玩乐并没有消磨杜甫心中的理想,到了中年,杜甫怀抱着辅佐君王的热情来到了长安。

史书《资治通鉴》记载，唐玄宗曾经下令征召天下有才之士前往长安应试。

奸臣李林甫担心这些有才之士在皇帝面前揭发自己，就建议地方官先对他们严加考核，层层筛选，最终导致应试者无一人被录取。

遭遇了这一阴谋的杜甫，科举之路当然不会顺利了。

杜甫只好转而向王公大臣们投递诗文,希望得到重用,但都没有成功。

这段时间杜甫过着什么样的生活呢?

> "然衣不盖体,常寄食于人。"
> (《新唐书·杜甫传》)
> 穿着破烂的衣服,
> 要靠别人救济才能生活。

一起吃个饭吗?

苦熬多年后,杜甫向唐玄宗进献的几篇诗文终于得到了赏识,他被授予了"参军"的官职。

不幸的是，没过多久，"安史之乱"爆发，杜甫只好带着家人四处流亡，躲避战乱。

安顿好家人以后，杜甫独自投奔朝廷，想要继续为国效力，但是半路上他被叛军抓住，还被押送到了长安。

此时的长安已经变得荒草丛生，凄凉破败，看到这一切的杜甫在伤心中写下了《春望》一诗。

国破山河在，城春草木深。
感时花溅泪，恨别鸟惊心。
烽火连三月，家书抵万金。
白头搔更短，浑欲不胜簪。

后来杜甫侥幸逃走，好不容易来到了皇帝身边。皇帝被杜甫的忠诚感动，授予了他"左拾遗"的官职。

"左拾遗"是专门给皇帝提意见的，责任重大，风险也大，很容易得罪人。

果然，没过多久杜甫就因为惹怒了皇帝，被贬了官。后来杜甫对朝廷深感失望，辞官不干了！

辞官后，杜甫和家人经过一番漂泊，来到了成都，并在他人的帮助下建了一座草堂居住，过上了相对安定的日子。

可惜后来杜甫失去了可以依靠的人，一家老小又要开始漂泊了。

漂泊中，杜甫的身体越来越差，贫病交加的他最终在一条小船上去世。

《新唐书》评价杜甫的为人说，他多次经历贼寇作乱，始终坚持自己的气节，他写诗感伤时事，同情人民，同时还对君主一片忠诚。

那么杜甫的作品又如何？为什么能够让他获得"诗圣"那么高的赞誉呢？

超有趣的唐诗

6
"诗圣"写诗叫"诗史"

杜甫生活在唐朝由盛转衰的时代,他的人生也同样经历了"由盛转衰"。

青年时的杜甫意气风发,勤奋好学,还在诗里夸自己:"读书破万卷,下笔如有神。"

> "读书破万卷"是说读了很多书,不是把书读得破破烂烂!

青年杜甫怀抱着远大的志向,这种豪情在《望岳》一诗中喷薄而出。

"会当凌绝顶,一览众山小。"

登上最高峰，一眼望去，周边的山峰都变得那么渺小。

之后杜甫来到了京城，更是立下了宏大的人生目标。

"致君尧舜上，再使风俗淳。"（《奉赠韦左丞丈二十二韵》）

要尽力辅佐皇帝，让他超越上古帝王尧和舜，同时让民风变得淳朴。

首先……然后……

妙啊，你居然比我还懂怎么当皇帝！

可是杜甫并没有得到实现理想的机会，苦闷、失望的他没有一味吟诵自己的苦，而是非常关心百姓的疾苦，所以他才会怀着悲痛的心情写下"朱门酒肉臭，路有冻死骨"（《自京赴奉先县咏怀五百字》）。大意是，富贵人家的酒肉多得吃不完，都臭掉了，穷人却冻死街头。

杜甫过着贫困的生活，他的孩子因为饥饿夭折了，万分悲痛之中，他挂念的不仅仅是自己的家人，而是推己及人，想到了同样处于水深火热之中的百姓。

"默思失业徒，因念远戍卒。"

默默想起那些失去土地的农夫，又牵挂起那些驻守边防的士兵。

> 你什么时候失业啊，我也要像杜甫一样挂念你！

晚年时，杜甫住着漏风又漏雨的茅草屋，如此艰难的他许下了悲壮的心愿：

"安得广厦千万间，大庇天下寒士俱欢颜！风雨不动安如山。呜呼！何时眼前突兀见此屋，吾庐独破受冻死亦足！"（《茅屋为秋风所破歌》）

> 怎样才能得到千万间大房子，
> 让天下贫寒的人都喜笑颜开，
> 从此不怕风雨，安稳得像山一样！
> 唉，什么时候眼前能出现这样的大房子，
> 哪怕只有我的房子破破烂烂，
> 哪怕只有我被冻死，
> 也值得了！

"安史之乱"爆发后,杜甫写下了《新安吏》《新婚别》等六首诗,它们被称为"三吏三别"。

"三吏三别"通过对官员、新娘子、老妇以及士兵等的描写,反映了当时兵荒马乱的情景和人民的凄惨命运。

杜甫的作品拥有深刻的现实意义,如同史书一样记录了大唐的兴衰和人民的苦难,因此他的作品又被后人尊为"诗史"。

杜甫拥有极高的文学成就,以及忧国忧民的高尚人格,于是后人尊称他为"诗圣"。

"诗圣"是对杜甫的尊称,"诗史"是指他的作品,你分清楚了吗?

当然啦,杜甫不是每天都一副苦大仇深的样子,他热爱山水。

"好雨知时节,当春乃发生。随风潜入夜,润物细无声。"(《春夜喜雨》)

"两个黄鹂鸣翠柳,一行白鹭上青天。"(《绝句》)

作者不想画白鹭,大家凑合着看吧。

呵呵,我看他是画不来。

杜甫关爱自己的妻子和儿女，对朋友也是情深义重，来看看他是怎么赞美好朋友李白的。

"白也诗无敌，飘然思不群。"（《春日忆李白》）

"敏捷诗千首，飘零酒一杯。"（《不见》）

> 为什么夸李白的诗比夸我的好？你跟李白过去吧！

唐代诗人元稹（zhěn）评价杜甫的写诗技巧"上薄风骚，下该沈宋"，意思是杜甫善于吸收前人的长处，比如向《诗经·国风》《楚辞·离骚》以及唐初诗人们学习。

另外，杜甫还能够灵活运用各种诗歌体裁，比如五言诗和七言诗。

更重要的是，这些诗歌内容广泛，将丰富的唐代社会生活展现了出来。

> 这是你们要的大唐生活盛宴。

总之，从杜甫的诗歌中，我们看到了一个爱亲友、爱山水、爱国爱民的伟大诗人。

> 啥都爱，就是不爱小猫咪对不对！

7
放牛娃都能读懂其诗的"国际巨星"

相传,白居易年少时来到长安拜访大诗人顾况,顾况拿他的名字开玩笑说:"长安的东西很贵的,想在这里'居'住可不容'易'。"

顾况仗着自己有才华就看不上别人,可当他看到白居易的诗"离离原上草,一岁一枯荣。野火烧不尽,春风吹又生"时,惊得他赶忙道歉。

> 有这才华你早拿出来呀,
> 刚才我开玩笑的,
> 你想走遍天下都不难!

白居易年少时为了躲避战乱,过了一段四处流亡的日子。

后来他参加了科举考试,顺利考中了进士,做了"翰林学士",跟杜甫一样被授予"左拾遗"的官职。

一路升官,就是这么丝滑!

担任左拾遗期间,白居易非常关心百姓,他曾经建议皇帝免除江淮两地的税收来救济灾民。

白居易为人刚正不阿,发现皇帝犯了错,会直截了当地指出来。那么皇帝处罚他了吗?没有,而且白居易的任期满了以后,皇帝还让他自己选官职呢!

官职"自助餐"
任选其一

但是不久后白居易的母亲去世了,他只好暂时解除官职,回家守孝。

守孝期满后,白居易重新回到朝廷,但他遭到别人的诬陷,被贬了官,做了江州司马。

心情低落的他,在这一时期写下了名作《琵琶行》。

后来白居易又被朝廷召回，可是这会儿的朝廷已经完全变了，皇帝贪图玩乐，宰相又没啥本事。

别玩了，圣上，工作都堆成山啦！

山？你是说待会儿去山上玩？

白居易非常失望，想要远离朝廷，于是申请去杭州做了刺史。在这里，白居易主持修理堤坝，引湖水灌溉农田，还解决了百姓日常用水问题。

再后来白居易病逝，皇帝还亲自写诗悼念他。

白居易做官时造福一方，在诗歌方面也有非常高的成就，他创作了数千首诗歌，并且自己把它们分为四个大类。

讽喻诗　闲适诗　感伤诗　杂律诗

白居易的"讽喻诗"主要反映社会问题跟民间疾苦，比如《卖炭翁》。

"可怜身上衣正单，心忧炭贱愿天寒。"卖炭翁身上穿着单薄的衣服，却担心炭卖不出好价钱，只希望天气再冷一点儿。

而"感伤诗"里的代表作，要属千古名篇《长恨歌》和《琵琶行》。

《长恨歌》讲述的是唐玄宗和杨贵妃的爱情故事。

唐玄宗沉迷于跟杨贵妃谈恋爱，甚至都不去"上班"了。"安史之乱"爆发后，两人外出逃命，杨贵妃被当作误国的罪魁祸首，在军队的逼迫下被赐死。

等到叛乱平息，唐玄宗再次经过杨贵妃被赐死的地方，泪水沾湿了衣裳。后来在一个道士的帮助下，唐玄宗在仙境里找到了杨贵妃，两人许下了"在天愿作比翼鸟，在地愿为连理枝"的誓言。

凄凉的爱情，痛苦的命运，最后汇成一句叹息："天长地久有时尽，此恨绵绵无绝期。"长久如天地也会有尽头，可这生离死别的遗恨永没有终点。

《琵琶行》则是白居易被贬为江州司马时，遇到一个身世凄凉的琵琶女而创作的。诗歌的前一部分主要描写琵琶女高超的琴技。

奏完一曲，琵琶女便讲起了自己的身世，年轻时的她非常风光，多少富家子弟为她痴狂！等到容颜衰老了，就遭到了嫌弃。后来她嫁给了一个商人，然而商人只关心生意，根本不在乎她。

你快看，我"变身"了哎！

呵呵，你哪来的自信，会觉得你比我的生意好看！

白居易听着琵琶女的琴声和诉说,也感伤起来,因为此时的他处境也很凄凉,不但被贬官,还生了病。

正因为两人都遭遇了不幸,白居易才感叹道:

"同是天涯沦落人,相逢何必曾相识!"

白居易的"闲适诗"和"杂律诗"就比较轻松了,其中"杂律诗"是按照格律收集了一些五言诗、七言诗等。

这两个大类主要书写山水、友情、爱情等,总之就是诗人的日常。《池上》是其中之一。

> 小娃撑小艇,
> 偷采白莲回。
> 不解藏踪迹,
> 浮萍一道开。

"日出江花红胜火,春来江水绿如蓝。"(《忆江南》)

　　白居易的诗歌立足于现实,关心底层百姓,他还在世的时候,他的诗歌已经被世人争相传诵。

　　唐朝著名诗人元稹是白居易的好朋友,他说当时好多寺庙的墙壁上都写着白居易的诗,无论是王公贵族还是放牛娃都能背诵白居易的诗篇。

　　连放牛娃都能背诵,是因为白居易的作品还有一个优点,就是通俗易懂。

这一系列的优点还让白居易的诗歌从大唐流行到了日本，成了日本上流社会必读的经典，并且被日本文学巨著《源氏物语》大量引用和化用。

如果你问什么叫"国际巨星"，白居易就是了！

8
是谁那么悠闲，又在"摸鱼"写山水田园诗

> 喂，书写到现在了，老是什么战乱啊、苦难啊，唐诗里的人们都过得那么惨吗？

　　书写民间疾苦只是一方面，唐朝还有很多轻松的诗歌，比如"山水田园诗"。

　　山水田园诗并不是唐朝人独创的，《诗经》收集了西周初年到春秋中期的三百多首诗歌，这里边就有不少描绘自然风光和田园风情的作品。

魏晋南北朝时期，出现了以陶渊明为代表的田园诗人和以谢灵运为代表的山水诗人。

山水诗是王道！

田园诗才是顶流！

吵什么啊，合在一起写"山水田园诗"不就行了？

众多前辈的创作经验，给唐朝山水田园诗的繁荣打下了扎实的"地基"。

有了"地基"，还得往上盖楼，这下又得靠谁帮忙呢？

首先要靠"大环境"。唐朝是中国封建社会的顶峰，经济繁荣，农业发达，大家吃得好喝得好，就对精神生活更有追求，反映自然情趣的诗歌也变多了。

吃饱喝足，看啥都美！

前面说过李白，我们知道他没有参加科举考试，而是通过游山玩水，啊，不是，是通过才华和隐居来做自我宣传，希望得到国家的重用。

怀抱着同样目的的诗人奔向了山水田园的怀抱里，当然少不了写诗来展现一下才华，或是单纯地赞美自然风光，这也使得山水田园诗繁荣了起来。

现代人旅游

山水田园诗人旅游

唐代的山水田园诗人可不少，最有代表性的诗人，要数孟浩然。

"诗仙"李白都把孟浩然当"偶像"，还写诗赞他："吾爱孟夫子，风流天下闻。"（《赠孟浩然》）

孟浩然一生都没有做过官，没经历过杜甫那种曲折的人生，因此他笔下的诗歌大多比较轻松，充满了山水田园的生活情趣，比如有名的《春晓》。

"春眠不觉晓，处处闻啼鸟。夜来风雨声，花落知多少。"

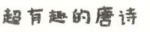

孟浩然的诗歌富有生活气息，比如《过故人庄》。

"故人具鸡黍，邀我至田家。绿树村边合，青山郭外斜。"

老友准备好了饭菜，邀请我去他的田家小屋做客。村庄外边绿树环绕，城郭之外青山连绵。

> 孟夫子你来啦！快进小屋坐坐！

那你说孟浩然过得那么悠闲，他就一点儿理想都没有吗？

不，他在《望洞庭湖赠张丞相》一诗里表达过自己想要建功立业的心意，可惜空有一腔热血，却没有实现理想的途径。"坐观垂钓者，徒有羡鱼情。"

> 唉，看着那些钓鱼的人，除了羡慕人家钓到了鱼，我啥也干不了。

另一位具有代表性的山水田园诗人是王维，他虽然有官职在身，但相当一段时间过着"半官半隐"的生活，身体在"上班"，内心却在山水间"摸鱼"。

王维的山水田园诗最大的特色是"诗中有画"，你用线条画画，王维可是用文字来"画画"的。不信？来感受一下《山居秋暝》的画面感。

明月松间照，
清泉石上流。

王维表现大自然的安静、恬淡也是一绝，比如"空山不见人，但闻人语响"。(《鹿柴》)有了这隐约的人语声，空山就显得宁静且富有生机，否则怪阴森的。

当然，山水田园诗人并不是只会写山水田园诗，王维还写过思念亲人的经典名篇《九月九日忆山东兄弟》。"独在异乡为异客，每逢佳节倍思亲。遥知兄弟登高处，遍插茱萸少一人。"

王维的送别诗《送元二使安西》也是传诵千古的名作。

"渭城朝雨浥（yì）轻尘，客舍青青柳色新。劝君更尽一杯酒，西出阳关无故人。"

9 边塞诗人：刀在手，跟我走！战沙场，写诗文！

唐朝国力强盛，但战争还是时常发生的，特别是边塞一带。

自《诗经》以来，历朝历代都有描写边塞的诗歌，到了唐朝更是涌现了大量优秀的边塞诗人。

有人向往山水田园，当然也有人向往边塞。

> 边塞不是老打仗吗，有啥好向往的呀？

> 没人去边塞镇守，仗可就打到你家里去了！

唐朝诗人为什么向往边塞？当然是为了征战沙场、建功立业，所以，边塞诗往往充满了昂扬的斗志。

唐朝比较有代表性的边塞诗人，要数高适和岑（cén）参两位。先来看高适，早年的他家境贫寒，过着四处流浪的日子。

后来经过他人的推荐，高适被朝廷授予了一个小小的官职，高适不喜欢这份差事，干脆辞职不干了。

但高适真是太有才了，很快他又被人推荐给朝廷，还做了左拾遗。

> 做过左拾遗的诗人还挺多。

> 感觉出门买包子都能遇到三个左拾遗！

"安史之乱"爆发后,高适前去追随唐玄宗,玄宗非常欣赏高适的忠诚和才华,从此高适便一路升官,甚至被封为"渤海县侯",可以说是走上了人生巅峰!

有的边塞诗人虽然向往边塞,其实一辈子没去过,而高适是在边塞生活过的,亲身经历让他的诗歌显得更有说服力和代表性。

区区边塞,除了高适,我当然也去过,有诗为证!

边塞嘛,先左转,再右转,就是啦!

这是诗吗?你搁这导航呢!

正是这些原因，高适的《燕歌行》一诗才能深刻地揭露出边塞将领的丑相。

"战士军前半死生，美人帐下犹歌舞。"

大意是说战士们在沙场上拼死拼活，将军们却在干什么？在营帐里看美人唱歌跳舞！

高适不但关心士兵们的辛酸，也会在诗中赞美他们为国效力的豪情。

当然啦，高适写起送别诗来也是一流的，他大笔一挥，便写下千古名句："莫愁前路无知己，天下谁人不识君？"（《别董大》）

好了，说完高适，现在我们来看另一位著名的边塞诗人岑参。

岑参的曾祖父做过大唐的宰相，这样看来岑参的起点非常高了！

可是很不幸，岑参幼年丧父，从此家道中落……

后来岑参通过科举进入官场，并且多次来到边塞驻守，拥有非常丰富的边塞生活经历。

> 边塞？我比岑参还熟，放心啦，不会把你带到沟里的！

岑参很擅长写诗文，就连"诗圣"杜甫都欣赏他的才华，还向朝廷推荐过他。

岑参的边塞诗气势豪迈，哪怕是写边塞送别的《白雪歌送武判官归京》都显得昂扬向上。

比如冰冷凄凉的飞雪，到了岑参笔下变成了这样："忽如一夜春风来，千树万树梨花开。"（《白雪歌送武判官归京》）

由于对边塞生活有深入的了解，岑参笔下的边塞寒冬非常生动和真实。

"纷纷暮雪下辕门，风掣红旗冻不翻。"（《白雪歌送武判官归京》）

傍晚时分，军营的大门前落满了雪，军旗被冰雪冻住了，任凭狂风吹拂，它也一动不动！

岑参还有不少诗歌记录了边塞军民的生活，展示了来自西域的文化。

其中有描写西域胡旋舞的，也有描写西域音乐的，比如《胡笳歌送颜真卿使赴河陇》："君不闻胡笳（jiā）声最悲？紫髯（rán）绿眼胡人吹。"大意是，您难道没听过那悲伤的胡笳曲吗？那是紫胡子、绿眼睛的胡人演奏的曲子呀。

10 科举中的诗人，有人得意，有人哭出"血泪"

"春风得意马蹄疾，一日看尽长安花。"

这是唐代诗人孟郊创作的《登科后》中的名句，春风得意的他策马奔驰，仿佛一天就看遍长安的花花草草。

> 奇怪，还没上马就看到好多花！

孟郊这是遇到了什么大喜事呢？

原来是考完试一看排行榜，自己居然金榜题名了！

你可能不理解，不就考个试嘛，至于兴奋成这样吗？

要知道，在隋唐以前想做官，你要么有个当官的爹或者亲戚；要么才华横溢，有人向朝廷推荐你。否则，普通人可能一辈子也当不了官。

隋唐时期，设立了科举制度来选拔人才。

作为普通人，只要金榜题名，就有机会实现自己治国平天下的远大理想了！

科举关系到很多人一生的命运，孟郊没有兴奋得晕倒已经很冷静了。

公布科举考试"成绩"的那一天，盛况如何呢？

"喧喧车马欲朝天，人探东堂榜已悬。"［徐寅（yín）《放榜日》］

考生们纷纷赶来看"录取通知",热闹的车马声震得天都快塌了!

别看孟郊这会儿春风得意,其实在此之前他已经参加过两次科举考试,并且都失败了。

这在古代叫"落第"或者"下第",就是没及格的意思。

"两度长安陌,空将泪见花。"(《再下第》)两次落第后孟郊怎么了呢?一边看花一边哭。

> 对着我哭个啥,我长得很恐怖吗?

更夸张的是诗人赵嘏(gǔ),落第后,他见人就哭,然后哀叹自己的壮志难酬。

当时他有多难过呢？眼睛都要哭出血来了！

赵嘏倒是不害羞，还把这件事写在了《下第后上李中丞》一诗里："落第逢人恸哭初，平生志业欲何如……泪血滴来千里书……"

除了伤心的，还有尴尬的。

诗人温庭筠因为生病不能参加科举考试，可是他的好友却金榜题名了。

你生病不能吃烤肉？那我辛苦一点帮你吃掉好啦！

我现在明白温庭筠是什么心情了！

温庭筠和好友付出了同样的辛苦，可到头来，自己的努力只得来一场空，场面一度十分尴尬……

"几年辛苦与君同，得丧悲欢尽是空。"（《春日将欲东归寄新及第苗绅先辈》）

满脸写着高兴

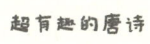

温庭筠还得写诗祝贺好友，可是心里的酸楚怎么也憋不住了，干脆在这首诗里表达了出来。

"犹喜故人先折桂，自怜羁客尚飘蓬。"

祝贺老友你先一步金榜题名，可怜我还在四处漂泊，都不知道前途在哪儿。

这样看来，在考试这件事上，古人和我们还真是悲欢相通呢！

你考试及格了吗？

不知道啊，我连"及格"两个字都不认识哎！

11 没吃过贬谪的苦，还想当伟大诗人？

落榜的人好凄凉，那金榜题名的人就一辈子风光了吗？

不一定！当你吃着火锅唱着歌，命运突然就会给你安排一场"贬谪（zhé）"！

贬谪，就是降低官员的职位，再送他去穷山恶水的地方"上班"。

贬谪原本是为了惩罚犯错的官员，实际上，一些正直的官员因为被小人诬陷，也受到了贬谪。

历史上有不少名人吃过这样的苦头，比如战国时期楚国诗人屈原。

我姓屈，委屈的屈……

唐朝的李白、杜甫、白居易等人也都不幸中过招，这几位是什么人？大诗人！他们当然少不了把自己被贬的经历写下来，这些作品就是"贬谪诗"。

你可能觉得被贬嘛，官是越当越小了，但是心态放宽，就当旅游行不行呢？

不行！一旦被贬，就会有人"送"你上路，每天走多少路都是有规定的！

现在让我们从刘禹锡和柳宗元的经历来看看被贬可以有多惨。

刘禹锡和柳宗元在朝廷里是"同事",两人一起参加了一场政治上的革新运动,可惜这次革新以失败告终,两人都受到了贬谪的惩罚。

刘禹锡第一次被贬,一去就是十年,后来又被朝廷召回。

开心的他写了一首《元和十年自朗州至京戏赠看花诸君子》,一句"玄都观里桃千树,尽是刘郎去后栽",狠狠嘲讽了当时的权贵,说他们把刘禹锡扫地出门,然后借机上位当了大官。

结果这首诗惹怒了权贵,刘禹锡再次被贬……

那刘禹锡怕了吗?并没有!多年以后,他又写了一首《再游玄都观》,一句"前度刘郎今又来",仿佛要向权贵再次"开炮"。

刘禹锡的事迹先告一段落,现在来看看和刘禹锡一起被贬的柳宗元。

柳宗元先是被贬为刺史,在赴任的路上,朝廷觉得不解气,追加了惩罚,将他贬为永州司马。

> 只要跑得快,惩罚就追不上我!

当时的永州生存条件恶劣,吃的穿的不多,蛇虫鼠蚁却不少,柳宗元还多次碰上火灾,后来他在《别舍弟宗一》一诗中感叹这段经历:

"一身去国六千里,万死投荒十二年。"

独自离开京城去了六千里外的荒芜之地,这十二年来不知多少次命悬一线!

被贬期间，柳宗元创作了许多诗歌，最为有名的作品要数《江雪》。

诗的第一句向我们展现了诗人当时的处境：

"千山鸟飞绝，万径人踪灭。"

漫山遍野不见一只飞鸟，道路上也不见人的踪迹。

紧跟着的一句"孤舟蓑(suō)笠(lì)翁,独钓寒江雪",描绘了冰天雪地里,一个老者钓鱼的画面。

老者不畏严寒的精神,不惧孤独的傲骨,正是柳宗元内心的写照。

除了孤独、生活条件差,被贬的人还要承受着心理上的折磨,一个是憋屈,另一个是委屈。

"巴山楚水凄凉地,二十三年弃置身。"(《酬乐天扬州初逢席上见赠》)

刘禹锡在那些荒凉的地方待了二十三年,时间这么长,小伙子都熬成大叔了,对于一个有理想的人来说,能不憋屈吗?

贬谪前　　　　　贬谪后

被贬后，少不了会被朝廷里的"同事"议论，被人说一堆坏话闲话。可当事人此刻正在千万里之外，就算被人诬陷，也不能站出来为自己说句公道话，能不委屈吗？

12
为了写出好诗，诗人能有多拼

你见过做事太投入，弄得自己被逮捕的"奇人"吗？此人就是唐代诗人贾岛。

据说贾岛曾经一边骑驴一边在脑袋里琢磨诗句，一不留神冲撞了大京兆刘栖楚的车队，这位可是大官，相当于首都的"市长"。

结果，贾岛被抓起来扣押了一夜。

后来贾岛骑驴去拜访朋友,路上诗兴大发,想出一句"鸟宿池边树,僧推月下门"。可这个"推"字难住了他,让他犹豫着要不要换成"敲"。

到底推还是敲?快点想啊!

贾岛在脑袋里反复"推敲",结果骑着驴冒冒失失地闯进了韩愈的车队。

韩愈是有名的大诗人,也是京城里的官员,贾岛这一冲撞,就被韩愈的部下抓了起来。

我可谢谢你啊!

贾岛把自己正在思考诗句的事告诉了韩愈,韩愈不但没有生气,还给了建议,他认为用"敲"字更好。

后来韩愈跟贾岛成了好友,韩愈非常欣赏贾岛,还夸他说,自从孟郊去世后,本以为天下没有能写出好文章的人了,幸好"再生贾岛在人间"!

文章"侠"重现人间

贾岛不论是走着、坐着、躺着还是吃着饭,往往都在琢磨怎么写诗,简直是燃烧生命来创作,用他自己的诗来形容这股拼劲就是:

"二句三年得,一吟双泪流。"(《题诗后》)

三年才写出来两句诗,一朗诵就感动得自己泪流不止。

像贾岛这样的诗人还不少,甚至成了一个流派,他们被称为"苦吟诗人"。

顺便一说,贾岛太拼命了,虽然没拿奖,但获得了"诗奴"的称号。

诗奴

⊙2000　🗡9000

称号获取条件
◆ 苦吟

属性加成
◆ 名望 +1000
◆ 成就 +1000
◆ 生活质量 -500

除了贾岛，前面提过的孟郊也是一位苦吟诗人，他和贾岛名气相当，有"郊寒岛瘦"之称。"寒""瘦"不是指孟郊太冷，贾岛太瘦，而是说他们苦吟的行为，以及凄冷愁苦的诗歌风格。

> 我是"岛瘦"，他是"郊寒"，好明显的对吧！

孟郊有多拼？来看他的诗："夜学晓未休，苦吟神鬼愁。"(《夜感自遣》)通宵学习，天亮了还不休息，苦苦吟诗，连鬼神听了都发愁。这种刻苦的精神，让他得了一个"诗囚"的称号！

> 你干啥，整得我好像犯法了一样……

"诗圣"杜甫也是赞成苦吟的,所以他才会说"语不惊人死不休",如果不能写出震撼世人的诗句,就算死也不肯罢休!

来人啊,拿笔来,有句诗我要重新写!

天才如"诗圣"都那么刻苦,其他人怎能不努力呢?

稍一盘点,我们就会发现大唐的苦吟诗人还真不少!

比如诗人杜荀鹤,他把苦吟这件事看得跟生命一样重要,甚至以《苦吟》为题写了一首诗,其中一句是:"生应无辍日,死是不吟时。"大意是,活着就要努力吟诗,什么时候可以不吟呢?死了以后!

还有一位叫卢延让的诗人,也写了一首《苦吟》。

"吟安一个字,捻断数茎须。"

为了诗文里的一个字反复思考,不知不觉把胡子都搓断了!

> 你这个念诗搓脑袋的习惯要改啊,小老弟!

还有一些诗人倒是不想苦吟诗句,完全是被逼无奈。

比如诗人韦庄在风雪之夜对着寒江苦吟,倒不是他诗兴大发,而是"流落天涯谁见问"(《钟陵夜阑作》),一个人流浪天涯没人过问,心里苦啊,不吟诗还能干啥?

13 诗人"天团"之"小李杜"

假如对着唐朝诗人们喊一声"李杜",会发生什么?

至少会有四个人站出来说:"What are you 弄啥嘞?"

我们知道"李杜"是指李白和杜甫,现在怎么成了四个人呢?

> 看样子我会分身术的秘密已经藏不住了!

> 你确定不是酒喝多了眼花吗?

唐朝后期有两位诗人也被称为"李杜",他们是李商隐和杜牧,只是这两位的名气比李白、杜甫小一点点,所以他们也被称为"小李杜"。

李商隐，出身于官宦之家，可惜他年幼丧父，家庭状况从此一落千丈。

　　好在李商隐才华横溢，年纪轻轻就获得了节度使令狐楚的欣赏，被招到令狐楚的门下学习和工作。

　　令狐楚去世后，节度使王茂元也看中了李商隐，还把女儿嫁给了他。

有这经历，你说李商隐是不是从此就一飞冲天了？

想得美！由于令狐楚和王茂元在官场上是死对头，李商隐在两个派系的斗争中背上了"忘恩负义"的骂名，受尽了排挤，官场之路走得很坎坷。

李商隐站错了队，政治上是没什么值得一说的表现了，但作为诗人，他的光芒可是很耀眼的！

李商隐是晚唐时期的代表诗人之一，写过许多优美动人的爱情诗。

"相见时难别亦难,东风无力百花残。春蚕到死丝方尽,蜡炬成灰泪始干。"

这首《无题》描写了一段相见难、说再见更难的凄美爱情。

"春蚕到死丝方尽"一句在现代也被用来赞美教师们的奉献精神。

> 就玩一下下,反正班主任又看不见!

"身无彩凤双飞翼,心有灵犀一点通"(《无题》),描写的是恋人心意相通。

"何当共剪西窗烛,却话巴山夜雨时"(《夜雨寄北》),则是表达夫妻之间的思念之情。

这些你可能听过的经典诗句,全都来自李商隐笔下。

说完了李商隐,再来看看"小李杜"里的另一位成员,杜牧。

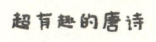

心有灵犀是这个意思吗?

杜牧出身于名门,祖父是大唐宰相杜佑,但杜牧也是家道中落,家中的仆人饿得受不了了,当着他的面跑掉,拦也拦不住。

后来杜牧参加科举考试当了官,做了近十年的幕僚。

出谋划策的活儿他没怎么干,而是经常被叫去参加宴会,并没有得到什么重用。

给我当幕僚只用办三件事,吃饭,吃饭,还是吃饭!

杜牧给人留下的印象是"风流才子",经常出入一些娱乐场所。他曾经写诗道:"十年一觉扬州梦,赢得青楼薄幸名。"(《遣怀》)

在扬州过了十年纸醉金迷的日子,就好像做了一场梦,赢得了青楼送来的"薄情郎"的称号。

一个称号而已,休想压垮我!

薄情

其实《遣怀》里充满了杜牧的无奈，十年就像一场梦，梦醒了什么也没有。

杜牧空有壮志，却没有实现理想的途径，除了纵情声色，啥也干不了。风流只是杜牧的表面，其实他也是一个忧国忧民的诗人，所以才会写出"商女不知亡国恨，隔江犹唱后庭花"（《泊秦淮》）这样的诗句。

至于杜牧为什么没有受到重用，原因很多。

首先，杜牧为人刚直，敢于指出朝廷中的弊病，这肯定会得罪权贵。

其次，晚唐时的朝廷纷争不断，以大臣牛僧孺等为首的"牛党"和以大臣李德裕等为首的"李党"，双方争斗不休，史称"牛李党争"。杜牧在这场争斗中受到排挤，也就失去了实现抱负的途径。

虽然官场失意,但"诗场"得意,杜牧也是晚唐诗人的代表之一,留下过不少佳作,比如这首《清明》。

"清明时节雨纷纷,路上行人欲断魂。借问酒家何处有?牧童遥指杏花村。"

14

"温李""元白"，诗人"天团"又出新

书接上回，话说一声"李杜"叫出来四个诗人，现在叫了一声"温李"，却只有一人上前，你说为何？

因为叫"李杜"的时候，李商隐已经站出来了。没错，"温李"中的李又是指李商隐！没办法，人家名气大，多参加几个诗人"天团"也很合理。

Oh, my god, 那不是李商隐大大吗！

团里还缺人吗？

我可以跟您组团吗？

那"温李"中的另一位是谁呢?

他叫温庭筠,外号"温八叉"。

为什么叫"温八叉",难道他有八个叉子?

"温八叉"其实是赞美温庭筠才思敏捷,能够"八叉手成八韵"(《唐才子传》),一叉手就想出一句韵文,八次叉手就把诗写完了。

温庭筠笔下有不少名句，比如"入骨相思知不知"（《新添声杨柳枝词二首》），以及"山月不知心里事"（《梦江南·千万恨》）。

温庭筠虽然才高八斗，但他不修边幅，日子过得比较放纵，经常喝得醉醺醺的，多次参加科举考试都落第了。

他还写诗嘲讽权贵，得罪了人，导致他不受重用，终生不得志。

不得了啊温八叉，连我也敢挖苦！

到这里，我们见识了不少唐朝的诗人"天团"，"初唐四杰"啦，"大李杜"啦，"小李杜"啦，下面继续为你盘点其他诗人"天团"。

先来看"元白"，"白"是指白居易，"元"是指白居易的好友元稹。

元稹曾经在科举考试的"对策"一环中得了第一名，对策就是回答治理国家相关的问题，出题的一般是皇帝。

落榜诗人千千万,
总算有一个出人头地的!

成绩优异的元稹,年纪轻轻就做了左拾遗,他敢于揭发朝廷中的弊病,也因此得罪了当权者,受到了贬谪。

贬谪诗人千千万……
这位也不例外……

后来元稹又被召回到京城,而且一路升官,居然做了宰相!

然而他受到朝廷中不少人的轻视,又受到另一位宰相李逢吉的阴谋排挤,最终元稹只做了三个月的宰相就被罢免了。

虽然元稹在官场上不被"同事"待见,但他创作的诗篇备受世人追捧,名气和白居易相当。

有人曾经将元稹的诗歌献给皇帝,皇帝看后龙颜大悦,立马提拔他做了"祠部郎中"兼"知制诰",负责为皇帝起草诏书。

元稹的爱情诗非常优秀,他的"曾经沧海难为水,除却巫山不是云"(《离思》),直到今天还常常被用来表达对爱人的深情和忠贞。

诗文的大意是,看过沧海的水和巫山的云,其他地方的水和云算什么玩意儿!直白地讲,就是全世界没人比得过你!

"元白"告一段落,顺便提一下"韩柳"。

诗人韩愈和柳宗元,两人在散文创作方面成就非凡,因此被合称"韩柳"。

"韩柳"再加上宋代的欧阳修、苏洵、苏轼、苏辙、王安石、曾巩,一共八位,他们在散文方面有很高的成就,后世将他们尊称为"唐宋八大家"。

待解锁……

15 唐诗里的节日，唐朝放假原来那么"任性"

你可能已经发现不少诗人都吃过贬谪的苦，甚至还想劝他们一句："别做官了好吗，苦瓜都没你们苦！"

抛开诗人们的雄心壮志不谈，你是不知道，在唐朝做官假期多呀！

在唐朝做官，每十天休假一天，称为"旬假"。

乍一听好像比现代人惨,但其实唐朝人放假很任性,基本上逢年过节都有假期!各种假期甚至写进了唐朝法典《唐六典》中。

打开唐朝法典一看,
只见通篇写着两个字:放假!
——某个名人

> 不是我,我没说过。

大家想想看,冬至这天你在干啥?你可能在吃汤圆或者饺子,但这天你放假了吗?没有。在唐朝就不一样了,冬至放假七天!另外,元正(元旦),也放假七天!

> 不如交换一下,你吃汤圆我放假好吗?

到了正月十五上元节，也就是元宵节，不但放假，还取消了"夜禁"。

在唐朝，除了执行紧急公务的官员，一般人是不许晚上出门的，这就是夜禁。

《旧唐书》记载，诗人温庭筠因为喝醉了，夜里在街上瞎逛，违反了夜禁的规定，相关官员把他揍了一顿，把他的牙齿都弄断了。

这个麻袋卖给你，以后就不怕"夜禁"了。

但是上元节前后三天通常会取消夜禁，唐朝的官员跟百姓都可以尽情出来玩耍，也因此诞生了不少夜间赏灯的诗篇。

"缛（rù）彩遥分地，繁光远缀天。"（卢照邻《十五夜观灯》）

诗文大意是，远远看去，街边道两旁的灯火好像将大地一分为二，点点灯光如同繁星一样点缀了夜空。

跟着来到了农历三月三,这一天是"上巳(sì)节",放假一天。这一天的习俗是沐浴、踏青、水边宴饮,还可以欣赏出来游玩的佳人。

"三月三日天气新,长安水边多丽人。"(杜甫《丽人行》)

上巳节过后，紧跟着就是寒食和清明，两个节日加起来放假四天。

相传，寒食是为了纪念春秋时期晋国大臣介子推，他是晋文公手下的大功臣，晋文公封赏百官，介子推却选择隐居山林。

后来晋文公派人上山寻找介子推，想要给他封赏，可怎么也找不到，只好放火烧山，逼迫介子推出山。不料介子推宁死也不肯下山，葬身火海。晋文公知道后非常伤心，便下令每年的这一天禁烟火，吃冷食。

"寒食"不是吃冷食吗，没听说要喝西北风哎……

但例外总是有的,比如"日暮汉宫传蜡烛,轻烟散入五侯家"。

韩翃(hóng)的这首《寒食》充满了嘲讽意味,寒食这天,皇宫里点着蜡烛,王侯家飘着炊烟。

敢情老百姓们都不准生火做饭,就你们这些王侯例外!

好啦,犯不着跟王侯生气,我们来接着看其他假期。

到了五月,有"田假"十五天,家里有田的可以回去种地。

九月有"授衣假"十五天,天气转凉,放个假给官员回家置办冬衣。

当然还有我们熟悉的端午节、中秋节、重阳节等,唐朝的假期真是多得写不动了……

16 胡乐、胡舞、胡酒，唐诗里的新潮流

古代的交通不够便利，那古人能见到外国人吗？比萨、咖啡、蜘蛛侠……现代的我们对"老外"的各种玩意儿熟得简直像自己家的一样，可如果回到交通不够便利又不能上网的古代呢？

比如，唐朝人看到外国人会不会像我们看到外星人一样震惊呢？

没什么好震惊的，早在汉朝，张骞开辟丝绸之路以后，各种胡人的玩意儿就开始传入中原地区了。（"胡"狭义上指中原地区以北和西域的少数民族，广义指外国。）

汉灵帝就很喜欢穿"胡服"，听"胡乐"。

三彩釉陶胡俑（唐代）
从这件文物可以一览唐代胡服的风采

比起汉朝，大唐更是一个包容开放的朝代，乐于接受和吸收不同文化。

"女为胡妇学胡妆，伎进胡音务胡乐。"（元稹《和李校书新题乐府十二首·法曲》）

大唐的女子学着胡人化妆，乐师也在努力学习和演奏胡乐。

在唐朝你还能看到不少有趣的胡人乐器，比如曲项琵琶、横笛等。

你可能听说过河南出土的"贾湖骨笛"，这是来自新石器时代的笛子，是目前我国出土最早的乐器。

既然中原那么早就有笛子了，胡人吹笛子又有什么稀奇呢？

骨笛

贾湖骨笛是竖笛，而横笛以及横笛的演奏技巧是张骞从西域带回来的，对古人来说确实是值得一看的新潮玩意儿。

不少诗人的作品里都出现过横笛，比如李贺的《龙夜吟》："鬈发胡儿眼睛绿，高楼夜静吹横竹。"横竹就是横笛，也叫横吹。

除了胡妆和胡乐，唐人也爱看胡舞，其中，名气最大的要数"胡旋舞"，这是一种需要舞者快节奏旋转身体的舞蹈。

胡旋舞可太好看了，安禄山跳起胡旋舞迷住了君王的眼睛，然后起兵造反；杨贵妃跳起胡旋舞迷住了君王的心，让君王"无心工作"。

"禄山胡旋迷君眼……贵妃胡旋惑君心……"（白居易《胡旋女》）

前面说李白做过"翰林"，负责在宴会上写诗。假如杨贵妃的胡旋舞迷得李白写不出诗来，被皇帝说他业务能力不行那可怎么办？

李白的好友杜甫早就想到办法了，"李白斗酒诗百篇"，只要有酒就有诗！

一般的酒还不行，最好喝点新潮的胡酒，比如葡萄酒。

> 听说你写诗困难,我给你带了点"灵感"来。

酒

未成年人请勿饮酒

早在汉朝,葡萄已经传入中原,但种植范围小,葡萄酒也主要靠西域进贡。

到了唐朝,唐人从高昌(位于今天新疆吐鲁番)那里获得了一种叫"马乳葡萄"的种子以及酿酒方法,葡萄酒才大范围流行起来。

过去的葡萄被粒大饱满的马乳葡萄取代

葡萄酒的喝法也是各有不同,诗人王翰要用精致的酒杯。

"葡萄美酒夜光杯,欲饮琵琶马上催。"(《凉州词》)

好酒要配好杯子,最好是玉做的夜光杯,不然喝不出味道来!

但对李白来说,用杯子怎么够喝,起码要一整条江那么多的酒才够!

"遥看汉水鸭头绿,恰似葡萄初酦醅(pō pēi)。此江若变作春酒,垒曲便筑糟丘台。"(《襄阳歌》)

绿绿的江水在李白眼里就像刚酿好但还没过滤的葡萄酒,要是这一江水都变成美酒,那酿酒用剩下的酒糟就能堆成小山了!

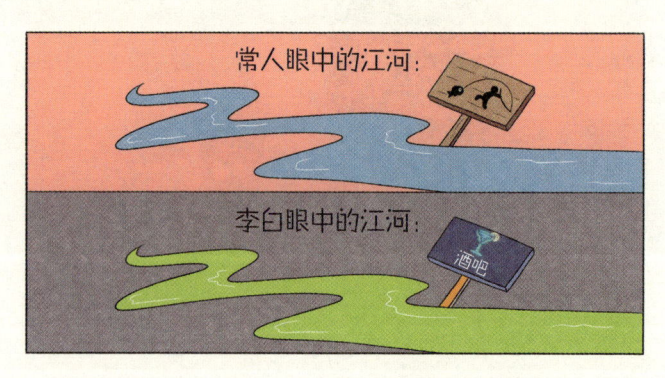

当然啦,要是回到唐朝,你能看到的洋玩意儿远不止这些,也许你还能看到日本"留学生"空海和尚,以及天竺来的狮子和魔术师……

17 穿越到大唐被当妖人？快打扮成唐朝人！

假如你穿越到唐朝，不想被当成"妖人"给抓起来，你必须得打扮一番，才能神不知鬼不觉地混进唐人的世界。

首先你得找一身衣裳穿上，这个不难。

> 那你也不能穿个垃圾桶吧……

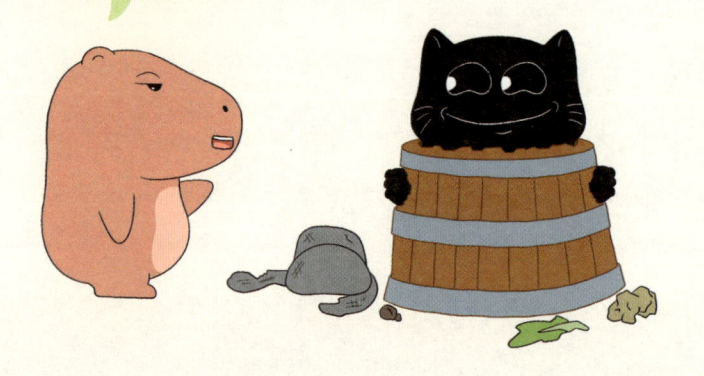

那什么最难呢？当然是发型和脸上的妆容。

唐朝女子的发型不但华丽，样式也非常丰富，你看刘禹锡的"高髻（jì）云鬟（huán）宫样妆"（《赠李司空妓》），一句诗就出现了两种发型。

高髻　　　　　　鬟（环状发型）

唐朝女子还在头发里插花，这叫"花髻"。

"山花插宝髻，石竹绣罗衣。"（李白《宫中行乐词八首》）
另外，头发盘成螺旋状叫"螺髻"；做成凤凰状，或者插上凤凰状的首饰，叫"凤髻"……总之样式多得看都看不过来！

头发里除了插花,还可以插"篦"(bì),它的样子像梳子,但齿更密。

篦不但可以做装饰品,还可以用来除虱子。古人因为条件有限,不能天天洗头,等到头发里长了虱子,就用篦来梳头,把虱子"刮"干净。

篦简直就是为咱这种头发浓密的人发明的!

做好了头发,你还得画眉。用什么画?让李白来教你。

"青黛画眉红锦靴。"(《对酒》)

"青黛"是一种用植物做成的青黑色染料。

你拿着眉笔干啥?

至于眉毛的样式,那可太多了,有八字眉、阔眉、蛾眉……什么,你有选择困难症?没关系,让白居易来帮你选。

"乌膏注唇唇似泥,双眉画作八字低。"(《时世妆》)

乌黑的唇膏配上八字眉,是不是有大唐"重金属"那味儿了?

光画眉毛是不够的,唐朝女子还喜欢贴"花钿(diàn)",这是用金、银、花瓣等做成的装饰,贴在眉心等部位。

白居易的《长恨歌》写到"花钿委地无人收",描绘的是杨贵妃死后,脸上的花钿落到地上无人收拾的凄凉场面。

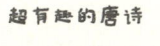

花钿　　　　　花盆

如果你已经照着上面的妆容来打扮了,还是被唐朝人识破了怎么办?

诗人元稹说大唐有一阵子是"胡音胡骑与胡妆,五十年来竞纷泊"(《和李校书新题乐府十二首·法曲》),总之就是"胡风"盛行。

你可以穿一种特殊的胡服上街,绝对不会被人怀疑。

这种胡服叫"幂䍦",是一种衣帽相连的服饰,可以遮挡全身。

但幂篱得在唐朝初年才好使,武则天成为女皇以后,慢慢开始流行"帷帽"了。帷帽相当于短款幂篱,帽檐垂下的纱布要么很短,要么很薄。

毕竟姑娘们又画眉又贴花钿,弄个幂篱来挡住自己的美怎么行!

彩绘骑马戴帷帽仕女泥俑(唐)

18 闺怨诗和宫怨诗，记录唐朝"宅女"的苦

在唐朝做个"宅女"容易吗？

运气好的可以打打马球，看看杂技，吃好喝好，无忧无虑。

运气不好的，就会被写进诗里，然后全世界都知道闺房中苦闷的你有很多哀怨，这类诗歌就是"闺怨诗"。

闺怨诗中的女子大多独居家中,苦苦思念着丈夫。那她们的丈夫去哪儿了呢?
让诗人王昌龄的《闺怨》来揭秘"男子失踪疑云"。

> 这一切的背后究竟有什么秘密?且看下集分解。

"闺中少妇不知愁,春日凝妆上翠楼。"

你看那个闺房里的少妇真是无忧无虑,春天里化个美美的妆去楼上玩耍。

"忽见陌头杨柳色,悔教夫婿觅封侯。"

少妇远远望着青青的杨柳,悲伤忽然涌上心头,唉,真是后悔让丈夫为了封侯而征战沙场。原来闺怨诗中的男子并没有失踪,他们大多去了战场。

如果说边塞诗写到了征夫的痛,那么闺怨诗讲述的大多就是征妇(在外征战的军人的妻子)的苦,比如李白的《子夜吴歌·秋歌》。

"秋风吹不尽,总是玉关情。何日平胡虏,良人罢远征。"

就算秋风也吹不尽妻子对边关亲人的思念,到底什么时候才能荡平敌寇,让良人(古代女子对丈夫的称呼)停止远征,回到家中。

你什么时候回来啊……

那么，皇宫里的"宅女"，还会苦吗？

请问你是没听说过"宫怨诗"吗？

> 就是换个大房子接着"怨"呗……

白居易的宫怨诗《上阳白发人》讲了这样一件事，一位女子经过千挑万选进入皇宫，等待她的命运是什么呢？

"妒令潜配上阳宫，一生遂向空房宿。"

因为受到他人妒忌而被关进上阳宫，落得个独守空房的下场。

不论是不受宠爱的妃子，还是打杂的宫女，皇宫对她们来说就像一个牢笼，并不是一个可以随便离开的地方。

白居易诗中的女子也一样，"入时十六今六十"，她被"锁"在皇宫里，从小姑娘变成了老太太。

"外人不见见应笑,天宝末年时世妆。"

老太太化着过时的妆容,幸好皇宫外面的人看不到,看到的话肯定要笑话了。

一句自嘲,透着多少无奈和凄凉……

这辈子还能见到外面的人吗……

19 喝喝酒，舞舞剑，写写诗

生活在盛世大唐，诗人的生活可以有多丰富？

诗人的最爱之一是喝酒。夸张点说，不少诗人不喝酒好像就不会写诗了！唐诗里随便一翻，你就能找到许多和酒有关的诗篇。

"白日放歌须纵酒"
杜甫《闻官军收河南河北》

"潦倒新停浊酒杯"
杜甫《登高》

"夜泊秦淮近酒家"
杜牧《泊秦淮》

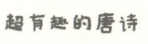

杜甫还专门写了一首《饮中八仙歌》，来记录唐朝有名的八大"醉汉"！

其中有诗人贺知章、李白，书法家张旭，还有丞相、平民等。

"八醉"过海，各显神通

"知章骑马似乘船，眼花落井水底眠。"

贺知章醉后骑马，居然掉到井里，然后在井底呼呼大睡。

模仿贺知章的某人，被身材救了一命。

当然还有那句我们很熟悉的"李白一斗诗百篇，长安市上酒家眠"。

顺便问一句，你知道李白喝酒有多凶残吗？

"烹羊宰牛且为乐，会须一饮三百杯。"（《将进酒》）

要是来兴致了，喝个三百杯也不在话下！

"李白快乐水"

那你可能有疑问了，别说三百杯，就算三十杯都有可能把人喝进医院，李白真的没问题吗？

首先，诗歌创作嘛，多少有些夸张成分；其次，唐代的酿酒技术有限，酒的度数不会太高，你就不用替李白操心了。

如果有人喝成这样，还是担心一下比较好……

诗人喝了酒，豪情涌上心头，免不了提起笔来挥洒一番，这个属于常规操作了。

还有一部分诗人喝醉了喜欢做什么呢？舞剑！

舞剑是一种古老的娱乐活动，比较有名的是"鸿门宴"上的那场"表演"。

楚汉之争时,项羽在鸿门设宴,约刘邦来吃饭。项羽的谋臣范增安排项庄在宴会上舞剑,目的是找机会杀掉刘邦!后来刘邦在张良等大臣的帮助下侥幸脱了身。

在唐朝,舞剑就没那么"要命"了,它就是一种舞蹈,用来为宴会助兴。

李白就很会用舞剑来"搞气氛"。

"起舞拂长剑,四座皆扬眉。"(《酬崔五郎中》)

李白还会舞剑？是的，李白可不是柔弱的文人，他从小就热爱剑术，对侠客充满向往，还写诗："十步杀一人，千里不留行。"（《侠客行》）

从这首诗我发现李白犯法了哎！举报罪犯是不是有奖啊？

十步杀一人
——李白

这是李白想象中的侠客行为，有一些夸张，毕竟按照大唐法律，"以刃及故杀人者，斩"（《通典》），随意使用刀剑夺人性命是要判死刑的！

悬高镜明

对这些搞创作的不用太较真好吗？

不过在舞剑这方面，李白绝对比不过一个人，你猜是谁？

20
赏花、听佛经、做副业，诗人好会过日子

一次，杜甫在宴会上观看了一场舞剑表演，表演者叫李十二娘。

杜甫被她的表演震撼到了，忙问她的师傅是谁。李十二娘回答说是"公孙大娘"。这个名字顿时勾起了杜甫的童年回忆！

原来在杜甫很小的时候，曾经有幸欣赏过公孙大娘的剑器舞。

"昔有佳人公孙氏,一舞剑器动四方。"(《观公孙大娘弟子舞剑器行》)

"观者如山色沮丧,天地为之久低昂。"观看公孙大娘舞剑的人挤成了"人山",大家被她的舞姿震撼得脸色都变了,就连天地也因为她的舞姿而颤动!

"先帝侍女八千人,公孙剑器初第一。"唐玄宗那会儿有八千侍女,公孙大娘稳排第一!大唐要是有奥运会,那她就是"奥运冠军"啊!

同样会舞剑的诗人们纷纷表示比不过,还是来点不用比高低的娱乐活动吧!

相比舞剑,赏花就是一项优雅、轻松且深受诗人欢迎的娱乐活动。

"唯有牡丹真国色,花开时节动京城。"(刘禹锡《赏牡丹》)

"国色"原本是指国中最美的女子,刘禹锡却说牡丹才是最美的,美女都靠边站!牡丹花一开就轰动了整个京城,大家全都跑去赏花!

然而，文雅如赏花也会让人"栽跟头"。

《旧唐书》记载，白居易因为敢于直言得罪了权贵，权贵很生气，当然要想个办法来"修理"他。

权贵们开始散布谣言，说白居易的母亲因为赏花而坠井去世，白居易却写下《赏花》和《新井》诗，简直是败坏朝廷的名声和礼教。

受到诬陷的白居易最终被贬官,做了江州司马。

连赏花都有风险,那还能干啥?

唐朝佛教盛行,听听佛经来平心静气也不错。

"街东街西讲佛经,撞钟吹螺闹宫廷。"(韩愈《华山女》)

你看,街上到处在讲佛经,又撞钟又吹螺号,喧闹声直入宫廷!

当然，你要是觉得以上这些事属于"玩物丧志"，而你恰好又有点才华，你也可以做点"兼职"，不但多一份收入，还能增加名气。

诗人韩愈常做的一份"兼职"，就是给去世的人写墓志铭。

那韩愈写墓志铭的收入有多少呢？

"一字之价，辇（niǎn）金如山。"（刘禹锡《祭韩愈文》）

一字值千金啊！怎么样，你心动了吗？

快乐读唐诗

送杜少府之任蜀州
王勃

城阙(què)辅三秦,风烟望五津。
与君离别意,同是宦(huàn)游人。
海内存知己,天涯若比邻。
无为在歧(qí)路,儿女共沾巾。

采莲曲
王勃

采莲归,绿水芙蓉衣。
秋风起浪凫(fú)雁飞。
桂棹(zhào)兰桡(ráo)下长浦,罗裙玉腕轻摇橹(lǔ)。
叶屿花潭极望平,江讴越吹相思苦。
相思苦,佳期不可驻。
塞外征夫犹未还,江南采莲今已暮。
今已暮,采莲花。
渠今那必尽娼家。
官道城南把桑叶,何如江上采莲花。
莲花复莲花,花叶何稠叠。
叶翠本羞眉,花红强如颊。
佳人不在兹,怅望别离时。
牵花怜共蒂,折藕爱连丝。
故情无处所,新物从华滋。
不惜西津交佩解,还羞北海雁书迟。
采莲歌有节,采莲夜未歇。
正逢浩荡江上风,又值徘徊江上月。
徘徊莲浦夜相逢,吴姬越女何丰茸。
共问寒江千里外,征客关山路几重。

从军行
杨炯

烽火照西京,心中自不平。
牙璋辞凤阙,铁骑绕龙城。
雪暗凋旗画,风多杂鼓声。
宁为百夫长,胜作一书生。

战城南

杨炯

塞北途辽远,城南战苦辛。
幡旗如鸟翼,甲胄似鱼鳞。
冻水寒伤马,悲风愁杀人。
寸心明白日,千里暗黄尘。

长安古意

卢照邻

长安大道连狭斜,青牛白马七香车。
玉辇(niǎn)纵横过主第,金鞭络绎向侯家。
龙衔宝盖承朝日,凤吐流苏带晚霞。
百尺游丝争绕树,一群娇鸟共啼花。
游蜂戏蝶千门侧,碧树银台万种色。
复道交窗作合欢,双阙连甍(méng)垂凤翼。
梁家画阁中天起,汉帝金茎云外直。
楼前相望不相知,陌上相逢讵(jù)相识?
借问吹箫向紫烟,曾经学舞度芳年。
得成比目何辞死,愿作鸳鸯不羡仙。
比目鸳鸯真可羡,双去双来君不见?
生憎帐额绣孤鸾(luán),好取门帘帖双燕。
双燕双飞绕画梁,罗帷翠被郁金香。
片片行云着蝉鬓,纤纤初月上鸦黄。
鸦黄粉白车中出,含娇含态情非一。
妖童宝马铁连钱,娼妇盘龙金屈膝。
御史府中乌夜啼,廷尉门前雀欲栖。
隐隐朱城临玉道,遥遥翠幰(xiǎn)没金堤。
挟弹飞鹰杜陵北,探丸借客渭桥西。
俱邀侠客芙蓉剑,共宿娼家桃李蹊。
娼家日暮紫罗裙,清歌一啭(zhuàn)口氛氲(yūn)。
北堂夜夜人如月,南陌朝朝骑似云。
南陌北堂连北里,五剧三条控三市。
弱柳青槐拂地垂,佳气红尘暗天起。
汉代金吾千骑来,翡翠屠苏鹦鹉杯。
罗襦(rú)宝带为君解,燕歌赵舞为君开。
别有豪华称将相,转日回天不相让。
意气由来排灌夫,专权判不容萧相。
专权意气本豪雄,青虬(qiú)紫燕坐春风。
自言歌舞长千载,自谓骄奢凌五公。
节物风光不相待,桑田碧海须臾(yú)改。
昔时金阶白玉堂,即今惟见青松在。
寂寂寥(liáo)寥扬子居,年年岁岁一床书。

独有南山桂花发，飞来飞去袭人裾(jū)。

咏鹅
骆宾王
鹅，鹅，鹅，曲项向天歌。
白毛浮绿水，红掌拨清波。

帝京篇
骆宾王
山河千里国，城阙九重门。
不睹皇居壮，安知天子尊。
皇居帝里崤(xiáo)函谷，鹑(chún)野龙山侯甸(diàn)服。
五纬连影集星躔(chán)，八水分流横地轴。
秦塞重关一百二，汉家离宫三十六。
桂殿嵚(qīn)岑(cén)对玉楼，椒房窈窕连金屋。
三条九陌丽城隈(wēi)，万户千门平旦开。
复道斜通鸤(zhī)鹊观，交衢(qú)直指凤凰台。
剑履南宫入，簪(zān)缨北阙来。
声名冠寰(huán)宇，文物象昭回。

钩陈肃兰陁(shì)，璧沼浮槐市。
铜羽应风回，金茎承露起。
校文天禄阁，习战昆明水。
朱邸抗平台，黄扉(fēi)通戚里。
平台戚里带崇墉，炊金馔(zhuàn)玉待鸣钟。
小堂绮(qǐ)帐三千户，大道青楼十二重。
宝盖雕鞍金络马，兰窗绣柱玉盘龙。
绣柱璇题粉壁映，锵(qiāng)金鸣玉王侯盛。
王侯贵人多近臣，朝游北里暮南邻。
陆贾(jiǎ)分金将宴喜，陈遵投辖正留宾。
赵李经过密，萧朱交结亲。
丹凤朱城白日暮，青牛绀(gàn)幰(xiǎn)红尘度。
侠客珠弹垂杨道，倡妇银钩采桑路。
倡家桃李自芳菲，京华游侠盛轻肥。
延年女弟双凤入，罗敷(fū)使君千骑归。
同心结缕带，连理织成衣。
春朝桂尊尊百味，秋夜兰灯灯九微。
翠幌(huǎng)珠帘不独映，清歌宝瑟自相依。
且论三万六千是，宁知四十九年非。

古来荣利若浮云，人生倚伏信难分。
始见田窦相移夺，俄闻卫霍有功勋。
未厌金陵气，先开石椁(guǒ)文。
朱门无复张公子，灞(bà)亭谁畏李将军。
相顾百龄皆有待，居然万化咸应改。
桂枝芳气已销亡，柏梁高宴今何在。
春去春来苦自驰，争名争利徒尔为。
久留郎署终难遇，空扫相门谁见知。
莫矜一旦擅豪华，自言千载长骄奢。
倏忽抟(tuán)风生羽翼，须臾失浪委泥沙。
黄雀徒巢桂，青门遂种瓜。
黄金销铄(shuò)素丝变，一贵一贱交情见。
红颜宿昔白头新，脱粟布衣轻故人。
故人有湮(yān)沦，新知无意气。
灰死韩安国，罗伤翟廷尉。
已矣哉，归去来！
马卿辞蜀多文藻，扬雄仕汉乏良媒。
三冬自矜诚足用，十年不调几邅(zhān)回。
汲黯薪逾积，孙弘阁未开。
谁惜长沙傅，独负洛阳才。

寄李十二白二十韵

杜甫

昔年有狂客，号尔谪(zhé)仙人。
笔落惊风雨，诗成泣鬼神。
声名从此大，汩(gǔ)没一朝伸。
文采承殊渥(wò)，流传必绝伦。
龙舟移棹(zhào)晚，兽锦夺袍新。
白日来深殿，青云满后尘。
乞归优诏许，遇我宿心亲。
未负幽栖志，兼全宠辱身。
剧谈怜野逸，嗜(shì)酒见天真。
醉舞梁园夜，行歌泗(sì)水春。
才高心不展，道屈善无邻。
处士祢(mí)衡俊，诸生原宪贫。
稻粱求未足，薏(yì)苡(yǐ)谤(bàng)何频？
五岭炎蒸地，三危放逐臣。
几年遭鵩(fú)鸟，独泣向麒麟。
苏武元还汉，黄公岂事秦？
楚筵(yán)辞醴(lǐ)日，梁狱上书辰。
已用当时法，谁将此义陈？
老吟秋月下，病起暮江滨。
莫怪恩波隔，乘槎(chá)与问津。

南陵别儿童入京
李白

白酒新熟山中归,黄鸡啄黍(shǔ)秋正肥。

呼童烹鸡酌白酒,儿女嬉笑牵人衣。

高歌取醉欲自慰,起舞落日争光辉。

游说(shuì)万乘(shèng)苦不早,著鞭跨马涉远道。

会(kuài)稽(jī)愚妇轻买臣,余亦辞家西入秦。

仰天大笑出门去,我辈岂是蓬蒿(hāo)人!

远别离
李白

远别离,古有皇英之二女;

乃在洞庭之南,潇(xiāo)湘之浦(pǔ)。

海水直下万里深,谁人不言此离苦?

日惨惨兮云冥(míng)冥,猩猩啼烟兮鬼啸雨。

我纵言之将何补?

皇穹(qióng)窃恐不照余之忠诚,雷凭凭兮欲吼怒。

尧舜当之亦禅(shàn)禹,君失臣兮龙为鱼,权归臣兮鼠变虎。

或云尧幽囚,舜野死。

九疑联绵皆相似,重瞳(tóng)孤坟竟何是?

帝子泣兮绿云间,随风波兮去无还。

恸(tòng)哭兮远望,见苍梧(wú)之深山。

苍梧山崩湘水绝,竹上之泪乃可灭。

望庐山瀑布
李白

日照香炉生紫烟,遥看瀑布挂前川。

飞流直下三千尺,疑是银河落九天。

早发白帝城
李白

朝辞白帝彩云间,千里江陵一日还。

两岸猿声啼不住,轻舟已过万重山。

闻王昌龄左迁龙标遥有此寄
李白

杨花落尽子规啼,闻道龙标过五溪。

我寄愁心与明月,随君直到夜郎西。

夜宿山寺
李白

危楼高百尺,手可摘星辰。
不敢高声语,恐惊天上人。

行路难(其一)
李白

金樽(zūn)清酒斗十千,玉盘珍羞直万钱。
停杯投箸(zhù)不能食,拔剑四顾心茫然。
欲渡黄河冰塞川,将登太行雪满山。
闲来垂钓碧溪上,忽复乘舟梦日边。
行路难,行路难,多歧路,今安在?
长风破浪会有时,直挂云帆济沧海!

侠客行
李白

赵客缦(màn)胡缨,吴钩霜雪明。
银鞍照白马,飒(sà)沓如流星。
十步杀一人,千里不留行。
事了拂衣去,深藏身与名。
闲过信陵饮,脱剑膝前横。
将炙(zhì)啖朱亥,持觞(shāng)劝侯嬴。
三杯吐然诺,五岳倒为轻。
眼花耳热后,意气素霓生。
救赵挥金槌(chuí),邯郸先震惊。
千秋二壮士,烜(xuǎn)赫大梁城。
纵死侠骨香,不惭世上英。
谁能书阁下,白首《太玄经》?

行路难(其二)
李白

大道如青天,我独不得出。
羞逐长安社中儿,赤鸡白雉赌梨栗。
弹剑作歌奏苦声,曳裾王门不称情。
淮阴市井笑韩信,汉朝公卿忌贾生。
君不见昔时燕家重郭隗(wěi),拥篲(huì)折节无嫌猜。
剧辛乐毅感恩分,输肝剖胆效英才。
昭王白骨萦(yíng)蔓草,谁人更扫黄金台?
行路难,归去来!

梦游天姥(mǔ)吟留别
李白

海客谈瀛(yíng)洲,烟涛微茫信难求。
越人语天姥,云霞明灭或可睹。
天姥连天向天横,势拔五岳掩赤城。

天台四万八千丈，对此欲倒东南倾。
我欲因之梦吴越，一夜飞度镜湖月。
湖月照我影，送我至剡(shàn)溪。
谢公宿处今尚在，渌(lù)水荡漾清猿啼。
脚著谢公屐(jī)，身登青云梯。
半壁见海日，空中闻天鸡。
千岩万转路不定，迷花倚石忽已暝。
熊咆龙吟殷岩泉，慄深林兮惊层巅。
云青青兮欲雨，水澹(dàn)澹兮生烟。
列缺霹雳，丘峦崩摧。
洞天石扉，訇(hōng)然中开。
青冥浩荡不见底，日月照耀金银台。
霓为衣兮风为马，云之君兮纷纷而来下。
虎鼓瑟兮鸾(luán)回车，仙之人兮列如麻。
忽魂悸以魄动，恍惊起而长嗟。
惟觉时之枕席，失向来之烟霞。
世间行乐亦如此，古来万事东流水。
别君去兮何时还，且放白鹿青崖间，须行即骑访名山。
安能摧眉折腰事权贵，使我不得开心颜！

赠汪伦
李白

李白乘舟将欲行，忽闻岸上踏歌声。
桃花潭水深千尺，不及汪伦送我情！

古风（其十九）
李白

西上莲花山，迢(tiáo)迢见明星。
素手把芙蓉，虚步蹑(niè)太清。
霓(ní)裳曳(yè)广带，飘拂升天行。
邀我至云台，高揖卫叔卿。
恍恍与之去，驾鸿凌紫冥。
俯视洛阳川，茫茫走胡兵。
流血涂野草，豺狼尽冠缨(yīng)。

壮游
杜甫

往昔十四五，出游翰墨场。
斯文崔魏徒，以我似班扬。
七龄思即壮，开口咏凤凰。
九龄书大字，有作成一囊。
性豪业嗜酒，嫉恶怀刚肠。
脱略小时辈，结交皆老苍。

饮酣视八极，俗物都茫茫。
东下姑苏台，已具浮海航。
到今有遗恨，不得穷扶桑。
王谢风流远，阊闾丘墓荒。
剑池石壁仄，长洲芰荷香。
嵯峨阊门北，清庙映回塘。
每趋吴太伯，抚事泪浪浪。
蒸鱼闻匕首，除道哂要章。
枕戈忆勾践，渡浙想秦皇。
越女天下白，鉴湖五月凉。
剡溪蕴秀异，欲罢不能忘。
归帆拂天姥，中岁贡旧乡。
气劘(mó)屈贾垒，目短曹刘墙。
忤下考功第，独辞京尹堂。
放荡齐赵间，裘马颇清狂。
春歌丛台上，冬猎青丘旁。
呼鹰皂枥林，逐兽云雪冈。
射飞曾纵鞚(kòngǔ)，引臂落鹙鸧(cāng)。
苏侯据鞍喜，忽如携葛强。
快意八九年，西归到咸阳。
许与必词伯，赏游实贤王。
曳裾置醴地，奏赋入明光。
天子废食召，群公会轩裳。
脱身无所爱，痛饮信行藏。
黑貂不免敝，斑鬓兀称觞。

杜曲晚耆旧，四郊多白杨。
坐深乡党敬，日觉死生忙。
朱门任倾夺，赤族迭罹殃。
国马竭粟豆，官鸡输稻粱。
举隅见烦费，引古惜兴亡。
河朔风尘起，岷山行幸长。
两宫各警跸，万里遥相望。
崆峒杀气黑，少海旌旗黄。
禹功亦命子，涿鹿亲戎行。
翠华拥英岳，䝟(chū)虎咬豺狼。
爪牙 不中，胡兵更陆梁。
大军载草草，凋瘵(zhài)满膏肓。
备员窃补衮，忧愤心飞扬。
上感九庙焚，下悯万民疮。
斯时伏青蒲，廷争守御床。
君辱敢爱死，赫怒幸无伤。
圣哲体仁恕，宇县复小康。
哭庙灰烬中，鼻酸朝未央。
小臣议论绝，老病客殊方。
郁郁苦不展，羽翮(hé)困低昂。
秋风动哀壑，碧蕙捐微芳。
之推避赏从，渔父濯沧浪。
荣华敌勋业，岁暮有严霜。
吾观鸱夷子，才格出寻常。
群凶逆未定，侧伫英俊翔。

春望
杜甫

国破山河在，城春草木深。
感时花溅泪，恨别鸟惊心。
烽火连三月，家书抵万金。
白头搔更短，浑欲不胜簪。

奉赠韦左丞丈二十二韵
杜甫

纨(wán)袴(kù)不饿死，儒冠多误身。
丈人试静听，贱子请具陈：
甫昔少年日，早充观国宾。
读书破万卷，下笔如有神。
赋料扬雄敌，诗看子建亲。
李邕(yōng)求识面，王翰愿卜邻。
自谓颇挺出，立登要路津。
致君尧舜上，再使风俗淳。
此意竟萧条，行歌非隐沦。
骑驴十三载，旅食京华春。
朝扣富儿门，暮随肥马尘。
残杯与冷炙(zhì)，到处潜悲辛。
主上顷见征，欻(xū)然欲求伸。
青冥却垂翅，蹭(cèng)蹬无纵鳞。
甚愧丈人厚，甚知丈人真。
每于百僚(liáo)上，猥(wěi)诵佳句新。
窃效贡公喜，难甘原宪贫。
焉能心怏(yàng)怏？只是走踆(cūn)踆。
今欲东入海，即将西去秦。
尚怜终南山，回首清渭滨。
常拟报一饭，况怀辞大臣。
白鸥没浩荡，万里谁能驯！

望岳
杜甫

岱宗夫如何？齐鲁青未了。
造化钟神秀，阴阳割昏晓。
荡胸生层云，决眦入归鸟。
会当凌绝顶，一览众山小。

自京赴奉先县咏怀五百字
杜甫

杜陵有布衣，老大意转拙。
许身一何愚，窃比稷与契。
居然成濩(huò)落，白首甘契阔。
盖棺事则已，此志常觊(jì)豁。
穷年忧黎元，叹息肠内热。
取笑同学翁，浩歌弥激烈。
非无江海志，潇洒送日月。
生逢尧舜君，不忍便永诀。

当今廊庙具，构厦岂云缺？
葵藿倾太阳，物性固难夺。
顾惟蝼蚁辈，但自求其穴。
胡为慕大鲸，辄拟偃溟渤？
以兹误生理，独耻事干谒。
兀兀遂至今，忍为尘埃没。
终愧巢与由，未能易其节。
沈饮聊自遣，放歌破愁绝。
岁暮百草零，疾风高冈裂。
天衢(qú)阴峥嵘，客子中夜发。
霜严衣带断，指直不得结。
凌晨过骊山，御榻在嵽(dié)嵲(niè)。
蚩尤塞寒空，蹴踏崖谷滑。
瑶池气郁律，羽林相摩戛。
君臣留欢娱，乐动殷胶葛。
赐浴皆长缨，与宴非短褐。
彤庭所分帛，本自寒女出。
鞭挞其夫家，聚敛贡城阙。
圣人筐篚恩，实欲邦国活。
臣如忽至理，君岂弃此物？
多士盈朝廷，仁者宜战栗。
况闻内金盘，尽在卫霍室。
中堂有神仙，烟雾蒙玉质。
煖客貂鼠裘，悲管逐清瑟。
劝客驼蹄羹，霜橙压香橘。

朱门酒肉臭，路有冻死骨。
荣枯咫尺异，惆怅难再述。
北辕就泾渭，官渡又改辙。
群冰从西下，极目高崒兀。
疑是崆峒来，恐触天柱折。
河梁幸未坼，枝撑声窸窣。
行李相攀援，川广不可越。
老妻寄异县，十口隔风雪。
谁能久不顾，庶往共饥渴。
入门闻号咷，幼子饥已卒。
吾宁舍一哀，里巷亦呜咽。
所愧为人父，无食致夭折。
岂知秋禾登，贫窭有仓卒。
生常免租税，名不隶征伐。
抚迹犹酸辛，平人固骚屑。
默思失业徒，因念远戍卒。
忧端齐终南，澒(hòng)洞不可掇。

茅屋为秋风所破歌
杜甫

八月秋高风怒号，卷我屋上三重茅。
茅飞渡江洒江郊，高者挂罥(juàn)长林梢，下者飘转沉塘坳(ào)。
南村群童欺我老无力，忍能对面为盗贼。

公然抱茅入竹去,唇焦口燥呼不得,
归来倚杖自叹息。
俄顷风定云墨色,秋天漠漠向昏黑。
布衾多年冷似铁,骄儿恶卧踏里裂。
床头屋漏无干处,雨脚如麻未断绝。
自经丧乱少睡眠,长夜沾湿何由彻!
安得广厦千万间,大庇天下寒士俱欢颜,风雨不动安如山!
呜呼!何时眼前突兀见此屋,吾庐独破受冻死亦足!

新安吏
杜甫

客行新安道,喧呼闻点兵。
借问新安吏:"县小更无丁?"
"府帖昨夜下,次选中男行。"
"中男绝短小,何以守王城?"
肥男有母送,瘦男独伶(líng)俜(pīng)。
白水暮东流,青山犹哭声。
"莫自使眼枯,收汝泪纵横。
眼枯即见骨,天地终无情!
我军取相州,日夕望其平。
岂意贼难料,归军星散营。
就粮近故垒,练卒依旧京。
掘壕不到水,牧马役亦轻。

况乃王师顺,抚养甚分明。
送行勿泣血,仆射如父兄。"

石壕吏
杜甫

暮投石壕村,有吏夜捉人。
老翁逾墙走,老妇出门看。
吏呼一何怒!妇啼一何苦!
听妇前致词:"三男邺(yè)城戍。
一男附书至,二男新战死。
存者且偷生,死者长已矣!
室中更无人,惟有乳下孙。
有孙母未去,出入无完裙。
老妪力虽衰,请从吏夜归。
急应河阳役,犹得备晨炊。"
夜久语声绝,如闻泣幽咽。
天明登前途,独与老翁别。

潼关吏
杜甫

士卒何草草,筑城潼关道。
大城铁不如,小城万丈馀。
借问潼关吏:"修关还备胡?"
要我下马行,为我指山隅:
"连云列战格,飞鸟不能逾。

胡来但自守,岂复忧西都。
丈人视要处,窄狭容单车。
艰难奋长戟,万古用一夫。"
"哀哉桃林战,百万化为鱼。
请嘱防关将,慎勿学哥舒!"

新婚别
杜甫

兔丝附蓬麻,引蔓故不长。
嫁女与征夫,不如弃路旁。
结发为君妻,席不暖君床。
暮婚晨告别,无乃太匆忙!
君行虽不远,守边赴河阳。
妾身未分明,何以拜姑嫜?
父母养我时,日夜令我藏。
生女有所归,鸡狗亦得将。
君今往死地,沉痛迫中肠。
誓欲随君去,形势反苍黄。
勿为新婚念,努力事戎行!
妇人在军中,兵气恐不扬。
自嗟贫家女,久致罗襦裳。
罗襦不复施,对君洗红妆。
仰视百鸟飞,大小必双翔。
人事多错迕,与君永相望!

无家别
杜甫

寂寞天宝后,园庐但蒿藜。
我里百馀家,世乱各东西。
存者无消息,死者为尘泥。
贱子因阵败,归来寻旧蹊。
久行见空巷,日瘦气惨凄。
但对狐与狸,竖毛怒我啼。
四邻何所有?一二老寡妻。
宿鸟恋本枝,安辞且穷栖。
方春独荷锄,日暮还灌畦。
县吏知我至,召令习鼓鞞(pí)。
虽从本州役,内顾无所携。
近行止一身,远去终转迷。
家乡既荡尽,远近理亦齐。
永痛长病母,五年委沟溪。
生我不得力,终身两酸嘶。
人生无家别,何以为蒸黎!

垂老别
杜甫

四郊未宁静,垂老不得安。
子孙阵亡尽,焉用身独完!

投杖出门去，同行为辛酸。
幸有牙齿存，所悲骨髓干。
男儿既介胄，长揖别上官。
老妻卧路啼，岁暮衣裳单。
孰知是死别，且复伤其寒。
此去必不归，还闻劝加餐。
土门壁甚坚，杏园度亦难。
势异邺城下，纵死时犹宽。
人生有离合，岂择衰盛端！
忆昔少壮日，迟回竟长叹。
万国尽征戍，烽火被冈峦。
积尸草木腥，流血川原丹。
何乡为乐土？安敢尚盘桓！
弃绝蓬室居，塌然摧肺肝。

春夜喜雨
杜甫
好雨知时节，当春乃发生。
随风潜入夜，润物细无声。
野径云俱黑，江船火独明。
晓看红湿处，花重锦官城。

绝句四首（其三）
杜甫
两个黄鹂鸣翠柳，一行白鹭上青天。
窗含西岭千秋雪，门泊东吴万里船。

春日忆李白
杜甫
白也诗无敌，飘然思不群。
清新庾开府，俊逸鲍参军。
渭北春天树，江东日暮云。
何时一樽酒，重与细论文？

不见
杜甫
不见李生久，佯狂真可哀！
世人皆欲杀，吾意独怜才。
敏捷诗千首，飘零酒一杯。
匡山读书处，头白好归来。

赋得古原草送别
白居易
离离原上草，一岁一枯荣。
野火烧不尽，春风吹又生。
远芳侵古道，晴翠接荒城。
又送王孙去，萋萋满别情。

琵琶行

白居易

元和十年（815），予左迁九江郡司马。明年秋，送客湓（pén）浦口，闻舟中夜弹琵琶者，听其音，铮铮然有京都声。问其人，本长安倡女，尝学琵琶于穆、曹二善才，年长色衰，委身为贾人妇。遂命酒，使快弹数曲。曲罢悯默，自叙少小时欢乐事，今漂沦憔悴，转徙于江湖间。予出官二年，恬然自安，感斯人言，是夕始觉有迁谪意。因为长句，歌以赠之，凡六百一十六言，命曰《琵琶行》。

浔阳江头夜送客，枫叶荻花秋瑟瑟。
主人下马客在船，举酒欲饮无管弦。
醉不成欢惨将别，别时茫茫江浸月。
忽闻水上琵琶声，主人忘归客不发。
寻声暗问弹者谁，琵琶声停欲语迟。
移船相近邀相见，添酒回灯重开宴。
千呼万唤始出来，犹抱琵琶半遮面。
转轴拨弦三两声，未成曲调先有情。
弦弦掩抑声声思，似诉平生不得志。
低眉信手续续弹，说尽心中无限事。
轻拢慢捻抹复挑，初为《霓裳》后《六幺》。
大弦嘈嘈如急雨，小弦切切如私语。
嘈嘈切切错杂弹，大珠小珠落玉盘。
间关莺语花底滑，幽咽泉流冰下难。
冰泉冷涩弦凝绝，凝绝不通声暂歇。
别有幽愁暗恨生，此时无声胜有声。
银瓶乍破水浆迸，铁骑突出刀枪鸣。
曲终收拨当心画，四弦一声如裂帛。
东船西舫悄无言，唯见江心秋月白。
沉吟放拨插弦中，整顿衣裳起敛容。
自言本是京城女，家在虾蟆陵下住。
十三学得琵琶成，名属教坊第一部。
曲罢曾教善才服，妆成每被秋娘妒。
五陵年少争缠头，一曲红绡不知数。
钿头银篦（bì）击节碎，血色罗裙翻酒污。
今年欢笑复明年，秋月春风等闲度。
弟走从军阿姨死，暮去朝来颜色故。
门前冷落鞍马稀，老大嫁作商人妇。
商人重利轻别离，前月浮梁买茶去。
去来江口守空船，绕船月明江水寒。
夜深忽梦少年事，梦啼妆泪红阑干。
我闻琵琶已叹息，又闻此语重唧唧。
同是天涯沦落人，相逢何必曾相识！
我从去年辞帝京，谪居卧病浔阳城。
浔阳地僻无音乐，终岁不闻丝竹声。
住近湓江地低湿，黄芦苦竹绕宅生。
其间旦暮闻何物，杜鹃啼血猿哀鸣。
春江花朝秋月夜，往往取酒还独倾。

岂无山歌与村笛，呕哑嘲哳(zhā)难为听。
今夜闻君琵琶语，如听仙乐耳暂明。
莫辞更坐弹一曲，为君翻作琵琶行。
感我此言良久立，却坐促弦弦转急。
凄凄不似向前声，满座重闻皆掩泣。
座中泣下谁最多？江州司马青衫湿。

卖炭翁
白居易

卖炭翁，伐薪烧炭南山中。
满面尘灰烟火色，两鬓苍苍十指黑。
卖炭得钱何所营？身上衣裳口中食。
可怜身上衣正单，心忧炭贱愿天寒！
夜来城外一尺雪，晓驾炭车辗冰辙。
牛困人饥日已高，市南门外泥中歇。
翩翩两骑来是谁？黄衣使者白衫儿。
手把文书口称敕，回车叱牛牵向北。
一车炭，千余斤，宫使驱将惜不得。
半匹红纱一丈绫，系向牛头充炭直。

长恨歌
白居易

汉皇重色思倾国，御宇多年求不得。
杨家有女初长成，养在深闺人未识。
天生丽质难自弃，一朝选在君王侧。
回眸一笑百媚生，六宫粉黛无颜色。
春寒赐浴华清池，温泉水滑洗凝脂。
侍儿扶起娇无力，始是新承恩泽时。
云鬓花颜金步摇，芙蓉帐暖度春宵。
春宵苦短日高起，从此君王不早朝。
承欢侍宴无闲暇，春从春游夜专夜。
后宫佳丽三千人，三千宠爱在一身。
金屋妆成娇侍夜，玉楼宴罢醉和春。
姊妹弟兄皆列土，可怜光彩生门户。
遂令天下父母心，不重生男重生女。
骊宫高处入青云，仙乐风飘处处闻。
缓歌慢舞凝丝竹，尽日君王看不足。
渔阳鼙(pí)鼓动地来，惊破霓裳羽衣曲。
九重城阙烟尘生，千乘万骑西南行。
翠华摇摇行复止，西出都门百余里。
六军不发无奈何，宛转蛾眉马前死。
花钿委地无人收，翠翘金雀玉搔头。
君王掩面救不得，回看血泪相和流。
黄埃散漫风萧索，云栈萦纡登剑阁。
峨嵋山下少人行，旌旗无光日色薄。
蜀江水碧蜀山青，圣主朝朝暮暮情。
行宫见月伤心色，夜雨闻铃肠断声。
天旋地转回龙驭，到此踌躇不能去。
马嵬(wéi)坡下泥土中，不见玉颜空死处。

君臣相顾尽沾衣，东望都门信马归。
归来池苑皆依旧，太液芙蓉未央柳。
芙蓉如面柳如眉，对此如何不泪垂。
春风桃李花开日，秋雨梧桐叶落时。
西宫南内多秋草，落叶满阶红不扫。
梨园弟子白发新，椒房阿监青娥老。
夕殿萤飞思悄然，孤灯挑尽未成眠。
迟迟钟鼓初长夜，耿耿星河欲曙天。
鸳鸯瓦冷霜华重，翡翠衾寒谁与共。
悠悠生死别经年，魂魄不曾来入梦。
临邛（qióng）道士鸿都客，能以精诚致魂魄。
为感君王辗转思，遂教方士殷勤觅。
排空驭气奔如电，升天入地求之遍。
上穷碧落下黄泉，两处茫茫皆不见。
忽闻海上有仙山，山在虚无缥缈间。
楼阁玲珑五云起，其中绰约多仙子。
中有一人字太真，雪肤花貌参差是。
金阙西厢叩玉扃，转教小玉报双成。
闻道汉家天子使，九华帐里梦魂惊。
揽衣推枕起徘徊，珠箔银屏迤逦开。
云鬓半偏新睡觉，花冠不整下堂来。
风吹仙袂飘飖举，犹似霓裳羽衣舞。
玉容寂寞泪阑干，梨花一枝春带雨。
含情凝睇谢君王，一别音容两渺茫。
昭阳殿里恩爱绝，蓬莱宫中日月长。
回头下望人寰处，不见长安见尘雾。
惟将旧物表深情，钿合金钗寄将去。
钗留一股合一扇，钗擘黄金合分钿。
但教心似金钿坚，天上人间会相见。
临别殷勤重寄词，词中有誓两心知。
七月七日长生殿，夜半无人私语时。
在天愿作比翼鸟，在地愿为连理枝。
天长地久有时尽，此恨绵绵无绝期。

池上

白居易

小娃撑小艇，偷采白莲回。
不解藏踪迹，浮萍一道开。

忆江南

白居易

江南好，风景旧曾谙。日出江花红胜火，春来江水绿如蓝。能不忆江南？

赠孟浩然

李白

吾爱孟夫子，风流天下闻。
红颜弃轩冕，白首卧松云。
醉月频中圣，迷花不事君。
高山安可仰，徒此揖清芬。

春晓
孟浩然
春眠不觉晓,处处闻啼鸟。
夜来风雨声,花落知多少?

过故人庄
孟浩然
故人具鸡黍,邀我至田家。
绿树村边合,青山郭外斜。
开轩面场圃,把酒话桑麻。
待到重阳日,还来就菊花。

望洞庭湖赠张丞相
孟浩然
八月湖水平,涵虚混太清。
气蒸云梦泽,波撼岳阳城。
欲济无舟楫,端居耻圣明。
坐观垂钓者,徒有羡鱼情。

山居秋暝
王维
空山新雨后,天气晚来秋。
明月松间照,清泉石上流。
竹喧归浣女,莲动下渔舟。
随意春芳歇,王孙自可留。

鹿柴
王维
空山不见人,但闻人语响。
返景入深林,复照青苔上。

九月九日忆山东兄弟
王维
独在异乡为异客,每逢佳节倍思亲。
遥知兄弟登高处,遍插茱萸少一人。

送元二使安西
王维
渭城朝雨浥轻尘,客舍青青柳色新。
劝君更尽一杯酒,西出阳关无故人。

燕歌行
高适
开元二十六年,客有从御史大夫张公出塞而还者,作《燕歌行》以示适,感征戍之事,因而和焉。

汉家烟尘在东北,汉将辞家破残贼。
男儿本自重横行,天子非常赐颜色。
摐(chuāng)金伐鼓下榆关,旌旆逶迤碣石间。

校尉羽书飞瀚海,单于猎火照狼山。
山川萧条极边土,胡骑凭陵杂风雨。
战士军前半死生,美人帐下犹歌舞!
大漠穷秋塞草腓,孤城落日斗兵稀。
身当恩遇恒轻敌,力尽关山未解围。
铁衣远戍辛勤久,玉箸应啼别离后。
少妇城南欲断肠,征人蓟北空回首。
边庭飘飖那可度,绝域苍茫更何有!
杀气三时作阵云,寒声一夜传刁斗。
相看白刃血纷纷,死节从来岂顾勋?
君不见沙场征战苦,至今犹忆李将军!

别董大二首（其一）
高适

千里黄云白日曛,北风吹雁雪纷纷。
莫愁前路无知己,天下谁人不识君?

白雪歌送武判官归京
岑参

北风卷地白草折,胡天八月即飞雪。
忽如一夜春风来,千树万树梨花开。
散入珠帘湿罗幕,狐裘不暖锦衾薄。
将军角弓不得控,都护铁衣冷难着。
瀚海阑干百丈冰,愁云惨淡万里凝。
中军置酒饮归客,胡琴琵琶与羌笛。
纷纷暮雪下辕门,风掣红旗冻不翻。
轮台东门送君去,去时雪满天山路。
山回路转不见君,雪上空留马行处。

胡笳歌送颜真卿使赴河陇
岑参

君不闻胡笳声最悲?紫髯绿眼胡人吹。
吹之一曲犹未了,愁杀楼兰征戍儿。
凉秋八月萧关道,北风吹断天山草。
昆仑山南月欲斜,胡人向月吹胡笳。
胡笳怨兮将送君,秦山遥望陇山云。
边城夜夜多愁梦,向月胡笳谁喜闻?

登科后
孟郊

昔日龌龊不足夸,今朝放荡思无涯。
春风得意马蹄疾,一日看尽长安花。

放榜日
徐寅 (yín)

喧喧车马欲朝天,人探东堂榜已悬。
万里便随金鸑鷟,三台仍借玉连钱。
花浮酒影彤霞烂,日照衫光瑞色鲜。
十二街前楼阁上,卷帘谁不看神仙。

再下第
孟郊
一夕九起嗟,梦短不到家。
两度长安陌,空将泪见花。

下第后上李中丞
赵嘏
落第逢人恸哭初,平生志业欲何如。
鬓毛洒尽一枝桂,泪血滴来千里书。
谷外风高摧羽翮,江边春在忆樵渔。
唯应感激知恩地,不待功成死有余。

春日将欲东归寄新及第苗绅先辈
温庭筠
几年辛苦与君同,得丧悲欢尽是空。
犹喜故人先折桂,自怜羁客尚飘蓬。
三春月照千山道,十日花开一夜风。
知有杏园无路入,马前惆怅满枝红。

元和十年自朗州至京,戏赠看花诸君子
刘禹锡
紫陌红尘拂面来,无人不道看花回。
玄都观里桃千树,尽是刘郎去后栽。

再游玄都观
刘禹锡
百亩庭中半是苔,桃花净尽菜花开。
种桃道士归何处?前度刘郎今又来。

别舍弟宗一
柳宗元
零落残魂倍黯然,双垂别泪越江边。
一身去国六千里,万死投荒十二年。
桂岭瘴(zhàng)来云似墨,洞庭春尽水如天。
欲知此后相思梦,长在荆门郢树烟。

江雪
柳宗元
千山鸟飞绝,万径人踪灭。
孤舟蓑笠翁,独钓寒江雪。

酬乐天扬州初逢席上见赠
刘禹锡
巴山楚水凄凉地,二十三年弃置身。
怀旧空吟闻笛赋,到乡翻似烂柯人。
沉舟侧畔千帆过,病树前头万木春。
今日听君歌一曲,暂凭杯酒长精神。

题李凝幽居
贾岛
闲居少邻并,草径入荒园。
鸟宿池边树,僧敲月下门。
过桥分野色,移石动云根。
暂去还来此,幽期不负言。

题诗后
贾岛
二句三年得,一吟双泪流。
知音如不赏,归卧故山秋。

夜感自遣
孟郊
夜学晓未休,苦吟神鬼愁。
如何不自闲,心与身为雠。
死辱片时痛,生辱长年羞。
清桂无直枝,碧江思旧游。

江上值水如海势聊短述
杜甫
为人性僻耽佳句,语不惊人死不休。
老去诗篇浑漫与,春来花鸟莫深愁。
新添水槛供垂钓,故著浮槎替入舟。
焉得思如陶谢手,令渠述作与同游。

苦吟
杜荀鹤
世间何事好,最好莫过诗。
一句我自得,四方人已知。
生应无辍日,死是不吟时。
始拟归山去,林泉道在兹。

苦吟
卢延让
莫话诗中事,诗中难更无。
吟安一个字,捻断数茎须。
险觅天应闷,狂搜海亦枯。
不同文赋易,为著者之乎。

钟陵夜阑作
韦庄
钟陵风雪夜将深,坐对寒江独苦吟。
流落天涯谁见问,少卿应识子卿心。

无题
李商隐
相见时难别亦难,东风无力百花残。
春蚕到死丝方尽,蜡炬成灰泪始干。
晓镜但愁云鬓改,夜吟应觉月光寒。
蓬山此去无多路,青鸟殷勤为探看。

无题二首（其一）
李商隐
昨夜星辰昨夜风，画楼西畔桂堂东。
身无彩凤双飞翼，心有灵犀一点通。
隔座送钩春酒暖，分曹射覆蜡灯红。
嗟余听鼓应官去，走马兰台类转蓬。

夜雨寄北
李商隐
君问归期未有期，巴山夜雨涨秋池。
何当共剪西窗烛，却话巴山夜雨时。

遣怀
杜牧
落魄江湖载酒行，楚腰纤细掌中轻。
十年一觉扬州梦，赢得青楼薄幸名。

泊秦淮
杜牧
烟笼寒水月笼沙，夜泊秦淮近酒家。
商女不知亡国恨，隔江犹唱《后庭花》。

清明
杜牧
清明时节雨纷纷，路上行人欲断魂。
借问酒家何处有，牧童遥指杏花村。

新添声杨柳枝词二首
温庭筠
一尺深红蒙曲尘，天生旧物不如新。
合欢桃核终堪恨，里许元来别有人。

井底点灯深烛伊，共郎长行莫围棋。
玲珑骰子安红豆，入骨相思知不知？

离思五首（其四）
元稹
曾经沧海难为水，除却巫山不是云。
取次花丛懒回顾，半缘修道半缘君。

十五夜观灯
卢照邻
锦里开芳宴，兰缸艳早年。
缛彩遥分地，繁光远缀天。
接汉疑星落，依楼似月悬。
别有千金笑，来映九枝前。

丽人行
杜甫
三月三日天气新，长安水边多丽人。
态浓意远淑且真，肌理细腻骨肉匀。
绣罗衣裳照暮春，蹙金孔雀银麒麟。

头上何所有？翠为匐(è)叶垂鬓唇。
背后何所见？珠压腰衱(jié)稳称身。
就中云幕椒房亲，赐名大国虢(guó)
与秦。
紫驼之峰出翠釜，水精之盘行素鳞。
犀箸厌饫(yù)久未下，鸾刀缕切空
纷纶。
黄门飞鞚不动尘，御厨络绎送八珍。
箫鼓哀吟感鬼神，宾从杂遝(tà)实
要津。
后来鞍马何逡巡，当轩下马入锦茵。
杨花雪落覆白苹，青鸟飞去衔红巾。
炙手可热势绝伦，慎莫近前丞相嗔！

寒食
韩翃
春城无处不飞花，寒食东风御柳斜。
日暮汉宫传蜡烛，轻烟散入五侯家。

和李校书新题乐府十二首·法曲
元稹
吾闻黄帝鼓《清角》，弭伏熊罴舞
玄鹤。
舜持干羽苗革心，尧用咸池凤巢阁。

大夏濩武皆象功，功多已讶玄功薄。
汉祖过沛亦有歌，秦王破阵非无作。
作之宗庙见艰难，作之军旅传糟粕。
明皇度曲多新态，宛转侵淫易沉著。
赤白桃李取花名，《霓裳羽衣》号
天落。
雅弄虽云已变乱，夷音未得相参错。
自从胡骑起烟尘，毛毳腥膻满咸洛。
女为胡妇学胡妆，伎进胡音务胡乐。
火凤声沉多咽绝，春莺啭罢长萧索。
胡音胡骑与胡妆，五十年来竞纷泊。

龙夜吟
李贺
鬈发胡儿眼睛绿，高楼夜静吹横竹。
一声似向天上来，月下美人望乡哭。
直排七点星藏指，暗合清风调宫徵。
蜀道秋深云满林，湘江半夜龙惊起。
玉堂美人边塞情，碧窗皓月愁中听。
寒砧能捣百尺练，粉泪凝珠滴红线。
胡儿莫作陇头吟，隔窗暗结愁人心。

胡旋女
白居易
胡旋女，胡旋女。心应弦，手应鼓。

弦鼓一声双袖举，回雪飘飖转蓬舞。
左旋右转不知疲，千匝万周无已时。
人间物类无可比，奔车轮缓旋风迟。
曲终再拜谢天子，天子为之微启齿。
胡旋女，出康居，徒劳东来万里余。
中原自有胡旋者，斗妙争能尔不如。
天宝季年时欲变，臣妾人人学圜(huán)转。
中有太真外禄山，二人最道能胡旋。
梨花园中册作妃，金鸡障下养为儿。
禄山胡旋迷君眼，兵过黄河疑未反。
贵妃胡旋惑君心，死弃马嵬念更深。
从兹地轴天维转，五十年来制不禁。
胡旋女，莫空舞，数唱此歌悟明主。

凉州词
王翰
葡萄美酒夜光杯，欲饮琵琶马上催。
醉卧沙场君莫笑，古来征战几人回。

襄阳歌
李白
落日欲没岘(xiàn)山西，倒著接䍦(lí)花下迷。
襄阳小儿齐拍手，拦街争唱《白铜鞮(dī)》。
旁人借问笑何事，笑杀山公醉似泥。
鸬鹚杓(sháo)，鹦鹉杯。
百年三万六千日，一日须倾三百杯。
遥看汉水鸭头绿，恰似葡萄初酦(pō)醅(pēi)。
此江若变作春酒，垒曲便筑糟丘台。
千金骏马换小妾，醉坐雕鞍歌《落梅》。
车旁侧挂一壶酒，凤笙龙管行相催。
咸阳市中叹黄犬，何如月下倾金罍(léi)？
君不见晋朝羊公一片石，龟头剥落生莓苔。
泪亦不能为之堕，心亦不能为之哀。
清风朗月不用一钱买，玉山自倒非人推。
舒州杓，力士铛(chēng)，李白与尔同死生。
襄王云雨今安在？江水东流猿夜声。

赠李司空妓
刘禹锡
高髻云鬟宫样妆，春风一曲杜韦娘。
司空见惯浑闲事，断尽苏州刺史肠。

对酒
李白

蒲萄酒,金叵罗,吴姬十五细马驮。
青黛画眉红锦靴,道字不正娇唱歌。
玳瑁筵中怀里醉,芙蓉帐底奈君何!

时世妆
白居易

时世妆,时世妆,出自城中传四方。
时世流行无远近,腮不施朱面无粉。
乌膏注唇唇似泥,双眉画作八字低。
妍媸黑白失本态,妆成尽似含悲啼。
圆鬟无鬓堆髻样,斜红不晕赭面状。
昔闻被发伊川中,辛有见之知有戎。
元和妆梳君记取,髻堆面赭非华风。

闺怨
王昌龄

闺中少妇不知愁,春日凝妆上翠楼。
忽见陌头杨柳色,悔教夫婿觅封侯。

子夜吴歌·秋歌
李白

长安一片月,万户捣衣声。
秋风吹不尽,总是玉关情。
何日平胡虏,良人罢远征?

上阳白发人
白居易

上阳人,红颜暗老白发新。
绿衣监使守宫门,一闭上阳多少春。
玄宗末岁初选入,入时十六今六十。
同时采择百馀人,零落年深残此身。
忆昔吞悲别亲族,扶入车中不教哭;
皆云入内便承恩,脸似芙蓉胸似玉。
未容君王得见面,已被杨妃遥侧目。
妒令潜配上阳宫,一生遂向空房宿。
宿空房,秋夜长,夜长无寐天不明;
耿耿残灯背壁影,萧萧暗雨打窗声。
春日迟,日迟独坐天难暮;
宫莺百啭愁厌闻,梁燕双栖老休妒。
莺归燕去长悄然,春往秋来不记年。
惟向深宫望明月,东西四五百回圆。
今日宫中年最老,大家遥赐尚书号。
小头鞋履窄衣裳,青黛点眉眉细长;
外人不见见应笑,天宝末年时世妆。
上阳人,苦最多。
少亦苦,老亦苦,少苦老苦两如何?

君不见昔时吕向《美人赋》；又不见今日上阳白发歌！

闻官军收河南河北
杜甫
剑外忽传收蓟(jì)北，初闻涕泪满衣裳。
却看妻子愁何在，漫卷诗书喜欲狂。
白日放歌须纵酒，青春作伴好还乡。
即从巴峡穿巫峡，便下襄阳向洛阳。

登高
杜甫
风急天高猿啸哀，渚清沙白鸟飞回。
无边落木萧萧下，不尽长江滚滚来。
万里悲秋常作客，百年多病独登台。
艰难苦恨繁霜鬓，潦倒新停浊酒杯。

饮中八仙歌
杜甫
知章骑马似乘船，眼花落井水底眠。
汝阳三斗始朝天，道逢麴(qū)车口流涎，恨不移封向酒泉。
左相日兴费万钱，饮如长鲸吸百川，衔杯乐圣称避贤。
宗之潇洒美少年，举觞白眼望青天，皎如玉树临风前。
苏晋长斋绣佛前，醉中往往爱逃禅。
李白一斗诗百篇，长安市上酒家眠，天子呼来不上船，自称臣是酒中仙。
张旭三杯草圣传，脱帽露顶王公前，挥毫落纸如云烟。
焦遂五斗方卓然，高谈雄辩惊四筵。

将进酒
李白
君不见黄河之水天上来，奔流到海不复回。
君不见高堂明镜悲白发，朝如青丝暮成雪。
人生得意须尽欢，莫使金樽空对月。
天生我材必有用，千金散尽还复来。
烹羊宰牛且为乐，会须一饮三百杯。
岑夫子，丹丘生，将进酒，杯莫停。
与君歌一曲，请君为我倾耳听。
钟鼓馔(zhuàn)玉不足贵，但愿长醉不愿醒。
古来圣贤皆寂寞，惟有饮者留其名。
陈王昔时宴平乐，斗酒十千恣欢谑。

主人何为言少钱，径须沽取对君酌。
五花马，千金裘，呼儿将出换美酒，
与尔同销万古愁。

酬崔五郎中
李白

朔云横高天，万里起秋色。
壮士心飞扬，落日空叹息。
长啸出原野，凛然寒风生。
幸遭圣明时，功业犹未成。
奈何怀良图，郁悒独愁坐。
杖策寻英豪，立谈乃知我。
崔公生民秀，缅邈青云姿。
制作参造化，托讽含神祇。
海岳尚可倾，吐诺终不移。
是时霜飙寒，逸兴临华池。
起舞拂长剑，四座皆扬眉。
因得穷欢情，赠我以新诗。
又结汗漫期，九垓远相待。
举身憩蓬壶，濯足弄沧海。
从此凌倒景，一去无时还。
朝游明光宫，暮入阊阖关。
但得长把袂，何必嵩丘山。

观公孙大娘弟子舞剑器行　并序
杜甫

大历二年十月十九日，夔（kuí）府别驾元持宅见临颍李十二娘舞剑器，壮其蔚跂（qí）。问其所师，曰："余公孙大娘弟子也。"开元五载，余尚童稚，记于郾（yǎn）城观公孙氏舞剑器浑脱，浏漓顿挫，独出冠时。自高头宜春、梨园二伎坊内人洎外供奉，晓是舞者，圣文神武皇帝初，公孙一人而已。玉貌锦衣，况余白首；今兹弟子，亦匪盛颜。既辨其由来，知波澜莫二，抚事慷慨，聊为《剑器行》。昔者吴人张旭，善草书书帖，数常于邺县见公孙大娘舞西河剑器，自此草书长进，豪荡感激，即公孙可知矣。

昔有佳人公孙氏，一舞剑器动四方。
观者如山色沮丧，天地为之久低昂。
㸌如羿射九日落，矫如群帝骖（cān）龙翔。
来如雷霆收震怒，罢如江海凝清光。
绛唇珠袖两寂寞，晚有弟子传芬芳。
临颍美人在白帝，妙舞此曲神扬扬。
与余问答既有以，感时抚事增惋伤。
先帝侍女八千人，公孙剑器初第一。

184

五十年间似反掌，风尘澒(hòng)洞昏王室。

梨园弟子散如烟，女乐余姿映寒日。

金粟堆南木已拱，瞿唐石城草萧瑟。

玳(dài)筵急管曲复终，乐极哀来月东出。

老夫不知其所往，足茧荒山转愁疾。

赏牡丹
刘禹锡

庭前芍药妖无格，池上芙蕖(qú)净少情。

唯有牡丹真国色，花开时节动京城。

华山女
韩愈

街东街西讲佛经，撞钟吹螺闹宫廷。

广张罪福资诱胁，听众狎(xiá)恰排浮萍。

黄衣道士亦讲说，座下寥落如明星。

华山女儿家奉道，欲驱异教归仙灵。

洗妆拭面着冠帔，白咽红颊长眉清。

遂来升座演真诀，观门不许人开扃。

不知谁人暗相报，訇(hōng)然振动如雷霆。

扫除众寺人迹绝，骅(huá)骝(liú)塞路连辎(zī)軿(píng)。

观中人满坐观外，后至无地无由听。

抽钗脱钏解环佩，堆金叠玉光青荧。

天门贵人传诏召，六宫愿识师颜形。

玉皇颔首许归去，乘龙驾鹤来青冥。

豪家少年岂知道？来绕百匝脚不停。

云窗雾阁事慌惚，重重翠幔深金屏。

仙梯难攀俗缘重，浪凭青鸟通叮咛。